Schokolade und Chewinggum

Spielen im Garten
meiner Großeltern

BÄRBEL-MARIE HEINE

Schokolade und Chewinggum

Eine Kindheit in der Nachkriegszeit

Bibliografische Information der Deutschen Nationalbibliothek:
Die Deutsche Nationalbibliothek verzeichnet diese Publikation
in der Deutschen Nationalbibliografie; detaillierte bibliografische
Daten sind im Internet über http://dnb.dnb.de abrufbar.

© 2015 Bärbel-Marie Heine
Satz, Umschlaggestaltung, Herstellung und Verlag:
BoD – Books on Demand

ISBN: 978-3-7392-5351-0

Für meine Kinder und Enkel

Inhalt

Meine Familie	9
Der 2. Weltkrieg in unserer Familie	16
Nachkriegszeit	22
Meine Grundschulzeit	41
Ein Prozess in Hamburg	46
Die Währungsreform 1948	49
Mein Großvater	51
Ein dramatischer Unfall	54
Der kriminelle Graf	57
Meine Großmutter	60
Beginn auf dem Gymnasium	62
Unsere Fahrt nach Apolda	73

Meine erste große Liebe	80
Meine Konfirmation 1955	83
Die Tanzstunde	92
Nach der Tanzstunde: Klaus	97
Auf Biegen und Brechen	101
Helmut	104
Die letzten beiden Schuljahre	111
Nach dem Abitur	118
Das Sozialpraktikum	121
Kriminelle Zustände in meinem Elternhaus	126
Mein Leben geht sorglos weiter – Verlobung	130
Und wie ging es dann weiter?	134
Der Ernst des Lebens	136

Meine Familie

Wie ich auf die Idee gekommen bin, über meine Kindheit und Jugend in den Vierziger- bis Sechzigerjahren des vorigen Jahrhunderts zu berichten, ist mir nicht mehr erinnerlich. Mein Leben hat sich nicht außergewöhnlich entwickelt, und ich bin nie eine tragende Säule der Gesellschaft gewesen, wie man so schön zu sagen pflegt. Aber vielleicht haben ja meine Kinder und Enkel Freude daran, zu lesen, wie so eine Kindheit und Jugend vor einem halben Jahrhundert verlaufen ist.

Ich hatte eine glückliche Kindheit. Das mag umso mehr verwundern, als ich 1941 mitten im 2. Weltkrieg geboren wurde. Wenn ich von einer glücklichen Kindheit spreche, dann, weil wir weder Flucht noch Vertreibung erleben mussten. Wir hatten immer ein Dach über dem Kopf und haben auch nicht mehr gehungert als andere Leute. Außerdem ist mein Vater gesund aus dem Krieg heimgekehrt, was ja nun alles andere als selbstverständlich war.

Ich wurde im Haus meiner Großeltern in Göttingen geboren. Es handelte sich um ein großes Vierfamilienhaus, das meiner Großmutter gehörte. Und da bin ich auch schon bei meiner Familie.

Es erstaunt mich immer wieder, wie Menschen, die in großer Not und unter vielen Entbehrungen aufgewachsen sind, ihr Leben meistern. Ich spreche vom 19. Jahrhundert. Der Vater meiner Großmutter war Schneidermeister. Er verstand sich auf das Anfertigen von Couleurjacken für die in Göttingen ansässigen Studentenverbindungen und hatte es dadurch zu einigem Wohlstand gebracht. Meine Großmutter war das älteste von vier Kindern. Als sie zwölf Jahre alt war, war ihre Kindheit vorbei. Ihre Mutter starb an einer Lungenentzündung. Ihr Vater zog sich verbittert und mit seinem Schicksal hadernd zurück. Meine Großmutter musste den Haushalt organisieren und in jeder freien Minute für ihre Geschwister Strümpfe stricken und Wäsche ausbessern. Nach außen waren die Verhältnisse in Ordnung, aber wie es meiner Großmutter ging, interessierte niemanden. Sie hat mir erzählt, wie sehr sie sich danach gesehnt hat, einmal mit anderen Kindern zu spielen, aber das war nicht drin. Die einzige Freude für die Kinder war, wenn die Großmutter zweimal im Jahr zu Besuch kam. Die alte Frau nahm dafür einen langen Fußmarsch auf sich von einem Dorf im Harz nach Göttingen. In einer Kiepe auf dem Rücken brachte sie Obst und Gemüse aus dem Garten mit, für die Kinder gab es Kakao. Von diesem Kakao schwärmte meine Großmutter noch in hohem Alter. Es spricht für die Energie und Zielstrebigkeit meiner Großmutter, dass sie noch vor der Jahrhundertwende eine Schneiderlehre durchstand. Übrigens ist mir diese Fähigkeit meiner Großmutter nach dem Krieg sehr zugutegekommen. Als kleines Kind steckte ich ständig in Trauerkleidung. Damals trugen alte Frauen, und das war man spätestens ab 60, nur schwarz. Auf ihrer alten Singer-Nähmaschine nähte sie für mich aus ihren alten Kleidern Garderobe. Ansonsten schien sie sich zur alten Jungfer zu entwickeln, was in der damaligen Zeit eine mittlere Katastrophe war. Immerhin gehörte sie zu den wenigen Frauen, die sich durch ihre Arbeit selber ernähren konnten. Bedürfnislos, wie sie war, sparte sie jeden Pfennig für schlechte Zeiten, wie sie immer sagte. Als sie mit 30 schon jede Hoffnung auf einen Ehepartner aufgegeben hatte, trat mein Großvater auf den Plan. Auch ihn hatte das Leben hart angefasst. Aus ärmlichen Verhältnissen stammend hatte er sich in die mittlere Beamtenlaufbahn hochgearbeitet. Er heiratete, und das junge Paar bekam zwei Kinder. Als er eines Tages von der Arbeit kam, hatte sich seine Frau auf dem Dachboden erhängt. Das Wort Depression war um 1900 gänzlich unbekannt, von einer Behandlung ganz zu schweigen. Jetzt stand mein Großvater da mit zwei kleinen Kindern von zwei und drei Jahren. Nun kam jedoch noch mal ein Glücksfall über ihn. Er heiratete meine Großmutter, die die beste Freundin seiner Frau gewesen war. Das Paar bekam eine Tochter, meine Mutter. Meine Großmutter war ausgesprochen lebenstüchtig und durchsetzungsfähig. Sie hatte zweifellos die Hosen an, aber ich glaube, dass mein Großvater gut damit gefahren ist. Von ihren Ersparnissen kaufte sie 1918 ein großes Vierfamilienhaus, einen Neubau, und ließ es auf ihren Namen im Grundbuch eintragen. Jede Wohnung hatte schon eine eigene Toilette, das war zu der Zeit nicht selbstverständlich. In unserem Nachbarhaus war die Toilette noch auf halber Treppe und wurde von zwei Familien benutzt.

Als dann die Inflation kam und ein Brot eine Million Reichsmark kostete, konnte meine Großmutter die Hypotheken auf einen Schlag zurückzahlen. Sie hatte richtig Mumm, ich habe sie sehr gern gehabt. Sie hat mir Märchen vorgelesen und mit mir »Mensch ärgere dich nicht« gespielt. Das ging allerdings nur so lange, bis ich in einem Wutanfall das Spiel an die Wand warf, ich konnte nicht verlieren.

Wenden wir uns der Familie meines Vaters zu. Mein Vater kam aus ärmlichen Verhältnissen. Seine Mutter war mit sieben Jahren nach einer Hirnhautentzündung völlig ertaubt. Um 1880 war es ein Wunder, dass sie nicht gestorben ist. Sie ging schon zur Schule, aber nun war ihre Schulzeit beendet. Sonderschulen gab es noch nicht. Für Privatunterricht hatten ihre Eltern kein Geld. Ihr Volksschullehrer muss ein hervorragender Pädagoge und wahrer Christ gewesen sein. Er unterrichtete meine Großmutter jahrelang nachmittags umsonst. Sie hatte eine einwandfreie Orthographie und schrieb an Gott und die Welt ellenlange Briefe. Es gab noch keine Gebärdensprache, aber sie hatte es sich selbst beigebracht, von den Lippen abzulesen. Als der Tonfilm aufkam, war sie sehr wütend.

Mein Großvater väterlicherseits war hochmusikalisch, aber ohne jede Ausbildung. Er schlug sich praktisch als Straßenmusikant durch. Mein Vater musste als zehnjähriger Junge von den Zuhörern Geld einsammeln. Das war eine seiner schlimmsten Kindheitserinnerungen, die ihn noch als Erwachsenen in Albträumen verfolgte. Alle vier Kinder, die dieser Ehe entsprossen, waren hochbegabt. Immer wieder kamen Lehrer und Pastoren ins Haus und bedrängten die Eltern, die Kinder auf eine höhere Schule zu schicken, natürlich vergeblich. Bis in die Mitte des 20. Jahrhunderts war der Besuch einer höheren Schule eine Geldfrage und vorwiegend Akademikerkindern oder den Kindern wohlhabender Leute vorbehalten. Noch 1960, als ich Abitur machte, machten in Deutschland nur drei Prozent aller Mädchen Abitur. Die

20 Mark Schulgeld im Monat sind meinen Eltern schwergefallen.

Der ältere Bruder meines Vaters erhielt eine Riesenchance. Ein jüdischer Privatbankier stellte ihn trotz Volksschulabschluss als Banklehrling ein. Das hatte es bis dahin noch nicht gegeben. Nach Abschluss der Lehrzeit wollte sich der 20-jährige, mittellose junge Mann mit einer Textilfirma selbständig machen. Daraufhin lieh ihm der Bankier 80.000 Reichsmark ohne jede Sicherheit. Ein solch generöses Verhalten kann ich mir in der heutigen Geschäftswelt gar nicht mehr vorstellen. Die Textilfabrik meines Onkels entwickelte sich gut, und er zahlte das Geld in kürzester Zeit zurück.

Als mein Vater 14 Jahre alt war, 1921, starb sein Vater an Magenkrebs. Meine Großmutter war mit der Erziehung völlig überfordert. Mein Vater wurde in eine Verkäuferlehre gesteckt, in der er kreuzunglücklich war. Als er knapp 17 war, nahm sich eine mütterliche Freundin seiner an und sorgte dafür, dass er zur Reichswehr kam. Er musste zwölf Jahre dienen. Ich habe noch ein Foto aus dieser Zeit, ein kleiner Junge in Uniform. Wenn mein Vater etwas von ganzem Herzen gehasst hat, dann war es seine Soldatenzeit. Mein Vater ist später auch nie mehr in irgendwelche militärischen Organisationen (SA/SS) eingetreten. Er hatte eine Abneigung gegen alles Militärische und gegen Uniformen.

Wenn in der Nazizeit Sonntag frühmorgens die SA mit Marschliedern durch die Straße zog, drehte er sich noch einmal genüsslich im Bett herum. Aber auch für ihn bot sich eine Chance. Es gab für Berufssoldaten Schulen, die auf eine Laufbahn im einfachen, mittleren und gehobenen öffentlichen Dienst vorbereiteten. Die Bewerber wurden anschließend im Staatsdienst eingesetzt. Mein Vater nahm die letzte Möglichkeit in Anspruch. Die jungen Leute wurden von Studienräten unterrichtet. Eines Tages gab der Lehrer Aufsätze zurück und sagte zu meinem Vater: »Das haben Sie nicht selbst geschrieben. Da haben Sie Hilfe gehabt.« Daraufhin riefen die anderen: »Das hat der gar nicht nötig.« 1937 stand mein Vater kurz vor seiner Inspektorenprüfung und wollte heiraten. Da ließ ihn sein Dienstvorgesetzter kommen und sagte: »Ich habe mir gerade Ihre Personalakte angesehen. Wieso sind Sie noch nicht in der Partei? Stehen Sie nicht fest auf dem Boden des Nationalsozialismus?« Am nächsten Tag ist mein Vater in die NSDAP eingetreten. Es verschlug meine Eltern nach Cottbus, wo mein Vater als junger Justizinspektor am Landgericht tätig war.

Der 2. Weltkrieg in unserer Familie

Als 1939 der 2. Weltkrieg begann, wurde mein Vater sofort eingezogen. Nun hatte er die Soldatenzeit in grauenhafter Erinnerung und versuchte, sich der Situation irgendwie zu entziehen. Zu dieser Zeit eilten unsere tapferen Soldaten noch von Sieg zu Sieg und verleibten sich Polen und Frankreich so nebenbei ein. Da las mein Vater in einer Fachzeitschrift, dass Verwaltungsbeamte für Kriegsgerichte gesucht wurden. Das waren Gerichte für Soldaten, die im Ausland kriminell geworden waren, z.B. durch Plünderungen und Vergewaltigungen. Mein Vater sagte später, es wurde scharf durchgegriffen im Interesse der Truppenmoral. Er bewarb sich und wurde genommen. Seine ganze Kompanie ist in Stalingrad geblieben. Gleichwohl war meine Mutter allein in Cottbus und fuhr vor meiner Geburt zu meinen Großeltern nach Göttingen, wo ich 1941 das Licht der Welt erblickte. In der Folgezeit war meine Mutter ständig von Dienstverpflichtung in einer Fabrik bedroht. »Sie können das Kind doch tagsüber in ein Heim geben«, war zumindest die Meinung der

NS-Frauenschaft. Da meine Mutter von dieser Idee nicht begeistert war, wurde ich schon in frühester Jugend ständig zwischen Cottbus und Göttingen hin- und hertransportiert.

Wenn irgendwo Gefahr im Verzug war, wechselte meine Mutter schleunigst den Wohnort. Im Oktober 1944 bekam meine Mutter eine Blinddarmentzündung. Sie kannte niemanden in Cottbus. Also schleppte meine Mutter sich mit mir und einem kleinen Köfferchen Richtung Göttingen. Nach Entfernung jenes segensreichen Blinddarms wollte sie sich mit einer regulären Zugfahrkarte wieder nach Cottbus begeben. Und das im November 1944! Sie war empört, als ihr diese verwehrt wurde. Es gingen nur noch Truppentransporte nach Osten. Das konnte meine Mutter nicht schrecken. Sie hatte den Mumm ihrer Mutter geerbt. So konnte man mit ihr nicht umspringen. Wutentbrannt zog sie mit mir zum Gauleiter. Sicher war ich für diesen strammen Nazi eine Augenweide: hellblonder Lockenkopf, blaue Augen und eine niedliche Stupsnase. Außerdem steckte ich in einem eleganten schwarzen Kleidchen, welches meine Großmutter mit bunten Blümchen bestickt hatte. Der Gauleiter war denn auch sehr freundlich. Er erklärte meiner Mutter noch einmal in gewählten Worten, was sie schon wusste. Daraufhin fing ich an zu weinen, denn ich wollte meine Puppe Christa wieder haben, die in Cottbus geblieben war. Der Gauleiter strich mir liebreich über meine blonden Locken und sagte: »Liebes Kind, nach dem Endsieg bekommst du eine viel schönere Puppe wieder.« Nun war ich die Letzte, die am Endsieg zweifelte, aber ich reagierte bockig und verhielt mich keineswegs so, wie man es von einem linientreuen Kleinkind in dieser ernsten Stunde erwarten durfte. Der Abschied fiel dann auch etwas kühl aus. Allerdings erklärte sich der Gauleiter bereit, die Wohnung meiner Eltern in Cottbus versiegeln zu lassen. Er hat Wort gehalten. Das muss man sich mal vorstellen. Da klappte noch die Verwaltung, obwohl die Russen schon fast vor den Toren der Stadt standen. Übrigens hatten die Russen nicht mehr viel zu tun, denn kurz darauf hatten die deutschen Nachbarn alles ausgeplündert. Wütend kehrte meine Mutter in das Haus meiner Großeltern zurück, nicht ahnend, welches Glück sie hatte. Ein gütiges Schicksal hatte uns vor Flucht und Vertreibung bewahrt.

An den Krieg selber kann ich mich kaum erinnern. Das meiste weiß ich aus Erzählungen meiner Mutter. Göttingen wurde verhältnismäßig wenig bombardiert. Die wunderschöne Altstadt ist erhalten geblieben. Trotzdem gab es natürlich dauernd Alarm. Ich kann heute noch keine Sirene hören. In den letzten Kriegswochen schliefen wir nur noch angezogen in unseren Betten. Ich war mit drei Jahren so dressiert, dass ich beim ersten Sirenenton aus dem Bett sprang und mir das kleine Schild umhängte, das meine Mutter mir gebastelt hatte. Darauf standen mein Name, Adresse und Geburtsdatum. Mit meinem kleinen Rucksack, in dem sich eine Flasche Wasser und Kekse befanden, zog ich in den Keller. Das Ganze geschah im Dunkeln. Fensterscheiben hatten wir schon lange nicht mehr. Am Anfang halfen uns noch gern unsere Ahnen aus. Das Haus hatte nämlich einen Dachboden, auf dem sich viele Schätze befanden, die nur darauf warteten, gehoben zu werden, unter anderem riesige mit Glas versehene Fotos unserer Altvorderen. Dieses Glas wurde nun zweckentfremdet in die Fenster eingesetzt. Aber auch der Vorrat an Ahnenbildern war begrenzt. So sah sich mein Großvater gezwungen, die Fenster mit Pappe zu vernageln.

An einen schweren Angriff erinnere ich mich noch. Wir saßen nachts mal wieder im Keller, d.h. Frauen und Kinder unseres Hauses. Der Keller war ein Witz. Er war mit besseren Bohnenstangen abgestützt. Im Ernstfall wären wir alle verschüttet worden. Ausnahmsweise war in dieser Nacht mal ein Mann dabei, ein junger Soldat auf Urlaub. Alle klammerten sich an ihn, hatte er doch Fronterfahrung. Alle glaubten, er könne uns mit seinem reichen Erfahrungsschatz vor aller Unbill bewahren.

Dann fielen die Bomben. In der Nähe war eine Munitionsfabrik, die die Engländer wohl treffen wollten. Jedoch waren sie in der Navigation recht unsicher, und so trafen sie unsere Brauerei, drei Häuser weiter. Wir überlebten in unserem beschädigten Haus. Meine Großmutter wagte sich als Erste nach oben und wühlte sich durch den Schutt zur Haustür. Wir hatten immer noch ein Dach über dem Kopf. Mein Großvater hat von diesen Angriffen nie etwas mitbekommen. Er nahm jeden Abend starke Schlaftabletten und weigerte sich erfolgreich, den Keller aufzusuchen. Im Grunde ganz vernünftig, wenn man an die Qualität des Kellers denkt. Deswegen hatte es viel Ärger mit der Luftschutzwartin gegeben, die sich an ihm die Zähne ausbiss. Sie hatte mit Anzeige gedroht, aber schließlich doch resigniert. Nach diesem Angriff waren wir natürlich in größter Sorge, glücklicherweise unberechtigt. Wir fanden meinen Großvater unverletzt und laut schnarchend vor. Wir mussten ihn nur noch von zerborstenem Glas und Schutt befreien, mit dem er bedeckt war.

Ende 1944 passierte etwas sehr Unangenehmes. Ich bekam Keuchhusten. Medikamente gab es nicht. Unser Hausarzt (so etwas hatten wir tatsächlich noch) empfahl viel frische Luft. Aber auch das gestaltete sich schwierig. Spazierengehen kam ohnehin nicht in Frage. Auf die Straße durfte ich auch nicht. Ich erhielt Weisung, mich auf unserem kleinen Vorplatz aufzuhalten. Im Übrigen sollte ich mich in die Mülleimer übergeben. Das passierte leider auch nachts. Meine Mutter konnte sich dann im Dunkeln mit der Bettwäsche abplagen. Strom gab es schon lange nicht mehr. Unsere Kerzenreste gingen auch allmählich zur Neige. Meine patente Großmutter hatte die rettende Idee. Auf dem sagenhaften Dachboden fand sich noch eine Petroleumlampe aus der Zeit, bevor die Gasbeleuchtung aufkam. Petroleum wurde auch beschafft, und so saßen wir dann dankbar um die stinkende und qualmende Lampe herum.

An die Kapitulation kann ich mich nicht erinnern. Ich weiß nur noch, dass ich nachts plötzlich schlafen durfte und wieder mit anderen Kindern auf der Straße spielen konnte. Schnell entwickelte ich mich zur Straßengöre. Von den Amerikanern waren wir begeistert. Jedes Kind konnte »Chocolate« und »Chewinggum« sagen, und ich war immer sehr erfolgreich.

Nachkriegszeit

Schon im Juni 1945 wurde mein Vater aus englischer Kriegsgefangenschaft entlassen. Im Gegensatz zu uns war er wohlgenährt, was sich dann aber schnell änderte. Er war in einem Offizierslager in der Lüneburger Heide gelandet. Es gab in dem Lager nicht mal einen Zaun. Die Gefangenen hatten ihr Ehrenwort gegeben, nicht zu fliehen. Das fiel ihnen weniger schwer, weil sie gut ernährt wurden. Es gab allerdings auch bei der größten Hitze wochenlang nur Schweinefleisch. Im Handumdrehen waren die Bäume kahl, weil die Blätter als Gemüse zweckentfremdet wurden.

Schon im Juni wurden die Landarbeiter entlassen. Mein Vater meldete sich. Es war nicht mal gelogen. Er fing sofort an, als Hofarbeiter in einer Fabrik zu arbeiten. Seine vornehmste Aufgabe bestand darin, den Hof zu fegen. Gleichzeitig betrieb er mit aller Kraft seine Wiedereinstellung in den Justizdienst. Das klappte auch erfreulich schnell. Immer wieder sagte er, wie dankbar er gewesen sei, im Krieg nicht einen Schuss abgegeben zu haben. Als Beisitzer im Kriegsgericht hatte er auch keine Todesurteile zu verantworten. Anfang 1946 bekam er die Leitung des Gefängnisses in Duderstadt übertragen. Als angenehme Beigabe musste er jeden Mittag das Essen der Gefangenen probieren. Das tat er mit großer Gewissenhaftigkeit und Hingabe. Im Gegensatz zur nicht kriminellen Bevölkerung wurden die Gefangenen von der englischen Besatzungsmacht gut verpflegt. Mein Vater hatte ein möbliertes Zimmer bei einer Witwe. Das war im Winter so kalt, dass mein Vater morgens das Eis der Waschschüssel zerschlagen musste. Er hielt sich meistens im warmen Gericht auf.

Das Weihnachtsfest 1945 war das schönste, an das ich mich erinnern kann: endlich Frieden. Wir konnten wieder zur Kirche gehen, ohne dass uns Fliegeralarm in irgendeinen fremden Keller scheuchte. Mein Vater war wieder zu Hause. Wir hatten sogar einen Weihnachtsbaum. Mein Vater hatte die letzte Tanne im Garten abgesägt. Zwar hatten wir keine Kerzen, dafür blakte unsere Petroleumlampe gemütlich vor sich hin. Den Verlust meiner Puppe Christa hatte ich immer noch nicht verschmerzt. Ich stürzte an den Gabentisch. Dort lag eine wunderbare Puppe. Sie trug einen weißen Strampelanzug. Daneben lag noch Garderobe zum Wechseln, allerdings in Schwarz, aber das störte mich nicht. Später habe ich erfahren, dass meine Großmutter ihre letzten Sofakissen aufgeribbelt hatte, um für die Puppe diesen phantastischen Strampelanzug zu stricken. Ich war so überwältigt, dass ich anfing zu weinen. Die Puppe hatte sich auf dem Dachboden angefunden und mal meine Mutter glücklich gemacht. Ich nannte sie Monika und liebte sie heiß. Ein Junge aus unserer Straße hatte einen Wunschzettel geschrieben. Er wünschte sich die Rückkehr seines Vaters und ein Schreibheft. Das Schreibheft hat er bekommen, sein Vater ist nicht wiedergekommen.

Unsere Wohnung hatte sich schnell mit Flüchtlingen gefüllt. Im Wesentlichen blieb uns nur das Wohnzimmer, das sich schnell in eine Räuberhöhle verwandelte. Die übliche Szenerie wurde von unserem Hausarzt später humorvoll beschrieben. Auf dem qualmenden Ofen simmerte eine undefinierbare Suppe friedlich vor sich hin. Durch das ganze Zimmer waren Wäscheleinen gespannt, auf denen die gräuliche Wäsche hing, der man das Ersatzwaschmittel ansah. Sämtliche Ruhelager waren dort aufgeschlagen. Meine Großmutter lag dort im Bett mit einem Herzanfall, meine Mutter hatte es sich mit einer Lungenentzündung auf einer Matratze bequem gemacht, und mein Großvater, der an einer allgemeinen Hungerschwäche litt, besetzte das durchgelegene Kanapee. Außer guten Worten hatte unser Hausarzt nichts zu bieten. Ich war als Einzige gesund und unsagbar stolz, durfte ich doch mit fünf Jahren den großen Wochenendeinkauf erledigen, wohlversehen mit

Lebensmittelkarten. Der Winter 1946/47 war der kälteste seit Menschengedenken. Viele Menschen sind damals erfroren und verhungert. Ich aber sang auf der Straße, hing doch von meiner Tüchtigkeit das Überleben meiner Familie ab. Meine Freude wurde nur durch die Tatsache gedämpft, dass ich breitbeinig gehen musste. Meine Mutter hatte irgendwo eine alte Pferdedecke aufgetrieben, aus der mir meine Großmutter eine Hose genäht hatte. Der Stoff war so hart, dass ich ständig wunde Oberschenkel hatte. Auch eingenähte alte Stoffreste brachten keine wesentliche Verbesserung. So stapfte ich denn breitbeinig wohlgemut zu unserem Kaufmann, wo mich eine Riesenschlange erwartete. Nun, das kannte man ja schon. Es konnte mich nicht schrecken. Aus der Not der Zeit geboren, war ich schon in zartem Alter erschreckend durchtrieben. Wie auf Knopfdruck fing ich laut an zu heulen. Die Umstehenden waren eigentlich mit ihrem eigenen Überleben beschäftigt, aber so ein herzzerreißend plärrendes Kleinkind fiel ihnen wohl doch auf die Nerven. Liebreich wurde ich gefragt: »Was ist dir, mein Kind?« Nun legte ich richtig los, und es war nicht mal gelogen. »Meine ganze Familie ist krank, und ich muss sehen, wie ich sie satt kriege.« Nach der üblichen Schimpferei über die immer noch nicht wieder funktionierende Fürsorge kam ich gleich dran. Stolz zog ich mit dem

Ersatzkaffee, dem Kunsthonig, dem Maisbrot und 250 g Pferdefleisch für vier Personen nach Hause.

Die Schlange vor den Lebensmittelläden, Supermärkte gab es ja noch nicht, war so lang, dass sich oft Familienmitglieder abwechselten, um den Platz zu erhalten. Wenn man endlich drankam, konnte es vorkommen, dass die Lebensmittel plötzlich ausverkauft waren. Wir lebten auf Lebensmittelkarten. Wir waren »Otto Normalverbraucher« und hatten keinerlei Beziehungen. Die zugeteilten Lebensmittel waren zum Leben zu wenig und zum Sterben zu viel. Ich erinnere mich noch an Marlies und Roswitha, zwei Mädchen aus unserer Straße. Sie waren zu dick. Da die meisten Kinder unterernährt waren, war schon allein diese Tatsache für uns unfassbar. Oft aßen die beiden auf der Straße Weißbrot, das dick mit Butter und Käse oder Wurst belegt war. Unsere Bitte, einmal abbeißen zu dürfen, wurde stets abschlägig beschieden. Nur ein Kind hatte Glück, weil es als Tauschobjekt einen Ballonroller zu bieten hatte. Mein Spielzeug war zum Tauschen völlig ungeeignet. Ich besaß einen Ball aus Lumpen, um die meine Großmutter eine Art Ballnetz genäht hatte. Die Mutter der Mädchen war Kriegerwitwe und hatte sich mit einem Neger eingelassen, wie unsere Eltern sagten. Wir Kinder fanden das hochinteressant, aber unsere Mütter blickten mit Abscheu auf diese »Amiliebchen«.

Inwieweit dabei echte Gefühle eine Rolle spielten oder die blanke Not, die Frauen dazu zwang, darüber dachte man nicht nach. Bei aller Hungerei ging es uns noch relativ gut. In welchem Elend viele Familien lebten, habe ich erst in der Schule erfahren. Der hübsche Vorgarten vor unserem Haus war schon lange umgegraben und mit Kartoffeln und Tabak bepflanzt. Unsere Nachbarn bestaunten neidisch unsere gut gedeihenden Pflanzen. Das hatte natürlich seinen Grund. In unserer Straße befand sich die Brauerei. Damals wurden die Bierfässer noch mit Pferdewagen transportiert. Mein Großvater hatte sich mit einem der Bierkutscher angefreundet. Vor unserem Haus bekam die dicke Berta immer eins mit der Peitsche über den Po gezogen. Das gutmütige Tier ließ dann, wie verabredet, etliche kostbare Pferdeäpfel fallen. Mein Großvater stand schon mit Schippe und Eimer bereit, um den Mist aufzusammeln, er musste natürlich den Nachbarn zuvorkommen, die die gleiche Absicht hatten. Mein Vater war damals starker Raucher. Die Tabakblätter wurden im Backofen getrocknet und stanken fürchterlich. Viele Raucher bückten sich nach den Kippen der Engländer, aber dazu war mein Vater zu stolz. Meine Großeltern hatten noch einen Schrebergarten, den sie eigentlich schon lange hatten aufgeben wollen. Mein Großvater fühlte sich zu alt dazu. Glücklicherweise hatten sie es nicht getan. Nun arbeitete mein Vater in jeder freien Minute darin, sodass wir zu Obst und Gemüse kamen. In den Gärten wurde so furchtbar geklaut, dass die Besitzer einen Wachdienst organisierten.

Irgendwann in dieser Zeit fing ich mir Läuse ein. Ich kratzte mich ständig. In der bürgerlichen Gedankenwelt meiner Mutter existierten diese Tiere nicht. Sie tippte auf eine Nervenentzündung. Wieder wurde unser tüchtiger Hausarzt zu Rate gezogen. Der sagte nur ein Wort: »Läuse.« Natürlich gab es keine Läusevernichtungsmittel. Meine patente Großmutter half wieder. Sie rieb tagelang meinen Kopf mit Petroleum ein, was ich grauenhaft fand, die Läuse offenbar auch, denn sie verschwanden. Aber es kam noch schlimmer. In einem der Zimmer wohnten sehr nette Flüchtlinge. Allerdings hatten sie aus einem Lager Wanzen mitgebracht. Nun trat ein Kammerjäger in Aktion, der damals gut zu tun hatte. Die ganze Wohnung wurde vergast. Wir kampierten so lange bei Nachbarn.

In unserer Straße wohnte ein Junge, der sich an unseren Spielen nicht beteiligte. Alle Kinder hatten Angst vor ihm. Er verprügelte jedes Kind, das ihm in die Quere kam. Mehrere Mütter hatten sich schon erfolglos bei seiner Mutter beschwert. Ich machte immer einen großen Bogen um ihn. Im Übrigen lebte die Familie so zurückgezogen, dass niemand Näheres wusste. Irgendwann erfuhren wir dann die traurige Wahrheit über Lothars aggressives Verhalten. Die Mutter war Kriegerwitwe und lebte mit ihrer Mutter zusammen. Lothar hatte einen wesentlich älteren Bruder, der geistig schwerstbehindert war. Mutter und Großmutter lebten während des Krieges in ständiger Angst, dass dieses Kind abgeholt und ermordet werden würde. Es existierte einfach nicht. Über Euthanasie war in der Bevölkerung durchaus etwas durchgesickert. Der Einzige, der es wagte, in der Kirche offen darüber zu predigen, war der katholische Bischof Graf von Galen aus dem Münsterland. Die überwiegend bäuerliche Bevölkerung des Münsterlandes war streng katholisch, die Familien waren kinderreich und die Männer an der Front. Der Bischof war äußerst beliebt. Die Partei konnte es sich nicht leisten, ihn zu verhaften. Ich weiß nur, dass meine Eltern diese Dinge und andere Verbrechen, soweit sie davon Kenntnis hatten, verdrängten. Es wurde einfach nicht darüber gesprochen.

Meine Unterernährung gab inzwischen zu einiger Sorge Anlass. Es musste etwas geschehen. Die ältere Halbschwester meiner Mutter hatte einen Bauern auf einem Dorf geheiratet, das nur 15 km von Göttingen entfernt war. Ein Aufenthalt auf dem Bauernhof wurde ernsthaft ins Auge gefasst. Meine Tante hieß Mary. Da sie sehr bieder war, konnte ich mir diesen exotischen Namen nicht erklären. Ich merkte jedoch, dass sich hinter diesem Namen ein dunkles Geheimnis verbarg, was natürlich mein Interesse an einer Aufklärung noch steigerte. Später erfuhr ich dann Folgendes: Eine Urgroßtante von mir war in der Mitte des 19. Jahrhunderts als Gouvernante in einem reichen Haus in England tätig. Sie muss eine sehr attraktive Dame gewesen sein, denn sie wurde schnell die Geliebte des Hausherrn. Er belohnte sie fürstlich mit wertvollem Schmuck. Mein Großvater war ihr Patensohn. Nach ihrem Tode vermachte sie alles meinem Großvater und dessen erster Frau. Die Tante war für meine Großeltern schon lange gestorben. Sie schämten sich jedoch nicht, den Schmuck anzunehmen. Er ging dann über meine Mutter auf mich über. Inzwischen war der Schmuck allerdings bis auf eine Brosche zusammengeschrumpft. Ich trage sie gern und halte sie in Ehren. Immerhin hatte mein Großvater so viel Anstand, seine älteste Tochter Mary zu nennen. Ich war von dem skandalösen Lebenswandel meiner Urgroßtante begeistert, war sie doch ein Lichtblick in unserer ansonsten so tugendhaften Familie. Tante Mary kam so gar nicht nach ihrer Namensschwester. Sie hatte einen Realschulabschluss und den Beruf einer Goldschmiedin erlernt. Das war damals ein sehr anspruchsvoller Frauenberuf. 1920 heiratete sie dann Onkel Hans, einen Bauern und Stellmachermeister in der Nähe von Göttingen. Die ganze Gegend war katholisch, die Familie meiner Großeltern evangelisch. Das war vor fast hundert Jahren eine unmögliche Verbindung. Meine Tante konvertierte dann auch sofort zum Katholizismus und ging fortan noch öfter zur Kirche als die Katholiken. Onkel Hans war als junger Mann gar nicht so übel gewesen. Als Landwirt war er sehr fortschrittlich und auch sonst vielseitig interessiert. Sein Wort hatte im Dorf Gewicht. Er war im Vorstand der Spar- und Darlehnskasse, was er gern in Gespräche einflocht. Es erfüllte mich mit Ehrfurcht. Im Wohnzimmerschrank lag, zwischen Sammeltassen gut sichtbar, ein dickes rotes Buch, das Bürgerliche Gesetzbuch von 1902. Der Onkel hatte es antiquarisch erworben und galt auf Grund dieses Buches als rechtskundig. Jeder Dorfbewohner, der ein rechtliches Problem hatte, wandte sich zunächst an ihn. Ein Rechtsanwalt kostete schließlich Geld, und er machte es als guter katholischer Christ umsonst. Voller Stolz konnte er darauf verweisen, dass 50 Prozent seiner Ratschläge immer stimmten. Die beiden hätten durchaus etwas aus ihrer Ehe machen können. Dass dies nicht gelang, lag in erster Linie an Tante Mary. Sie verdämmerte allmählich vor ihrem Küchenherd. Später habe ich oft gedacht, ob das vielleicht ein Erbteil ihrer psychisch kranken Mutter war. Sie war ein Ausbund an Langeweile und Trägheit. Allmählich passte sich Onkel Hans dem schläfrigen Lebensrhythmus seiner Frau an, jedenfalls äußerlich. Man munkelte hinter vorgehaltener Hand, dass er gern in fremden Revieren wildere. Ich konnte es ihm nicht verdenken. Dem Paar wurden vier Kinder geschenkt, woran man sieht, dass reicher Kindersegen nicht unbedingt mit einer glücklichen Beziehung Hand in Hand gehen muss. Bei Tante Mary musste ich immer an das Bibelwort denken: Den Seinen gibt's der Herr im Schlaf.

Zwei meiner Cousinen kamen ganz nach ihrer Mutter. Meine Cousine Marlies dagegen war von anderem Schrot und Korn. Sie war ein flotter Feger. Bei ihr waren die Gene jener skandalumwitterten Urgroßtante voll durchgeschlagen. Hals über Kopf verliebte sie sich in Otto. Dieser Name passte nun wirklich nicht zu dem blendend aussehenden jungen Mann. Nach ihm leckten die jungen Mädchen des Dorfes sich alle zehn Finger. Das durften sie natürlich nicht zugeben, denn Otto galt als Windhund und Ladykiller. Er war der Albtraum aller Schwiegermütter. Außerdem hatte er als ehemaliger Offizier keinen Beruf. Als Flüchtling trug er seine alte Uniform auf, die ihm im Übrigen hervorragend stand. Und das Schlimmste: Er war evangelisch. Am Stammtisch in der »Grünen Eiche« hieß es: »Hat nichts, ist nichts, wird nichts.«

Da im Dorf sonst nicht viel los war, wurde das Verhältnis von allen Seiten genüsslich betrachtet und betratscht. Wie so oft erfuhren es die Eltern zuletzt. Onkel Hans bekam einen Tobsuchtsanfall, Tante Mary konnte nicht mittoben, denn selbst dazu war sie zu phlegmatisch. Es wurde mit Enterbung gedroht, die dann aber doch nicht stattfand. Die beiden jungen Leute bereiteten dem ganzen Theater ein schnelles Ende. Sie heirateten standesamtlich und zogen nach Bayern. Da sie beide Unternehmungsgeist hatten, eröffneten sie ein Reisebüro und stießen damit in den frühen Fünfzigern auf eine Marktlücke. Sie wurden glücklich und besuchten ihre Eltern und das ganze bigotte Dorf nur noch selten. Der einzige Sohn, der auch Hans hieß, wurde noch als 16-Jähriger zum Volkssturm einberufen. Die militärische Führung setzte ihre ganze Hoffnung darauf, dass er Großdeutschland retten könnte. Wie wir wissen, glückte es ihm nicht. Da er von einem Bauernhof kam, setzte man als selbstverständlich voraus, dass er reiten könnte. Hans hatte allerdings bisher Pferde nur auf der Weide gesehen. Kaum hatte er seinen abgetriebenen Ackergaul bestiegen, landete er schon in russischer Gefangenschaft. Er galt jahrelang als vermisst, kehrte aber schließlich zu unser aller Freude gesund zurück.

In diese Familie sollte ich nun für einige Zeit einquartiert werden, in der Hoffnung, bei mir eine Gewichtszunahme zu erreichen. Viel war bisher von dieser bäuerlichen Verwandtschaft nicht zu erwarten gewesen. Wenn es im Krieg mal um ein paar Eier ging, meinte Tante Mary: »Wir haben ja selber nichts.« Meine Eltern waren zu stolz, um zu betteln, und hatten schließlich resigniert. Da es um mich ging, warf meine Mutter ihren Stolz über Bord. Wie sich meine Eltern kurz nach dem Krieg mit meiner Tante in Verbindung gesetzt haben, weiß ich nicht. Kein Mensch hatte Telefon. Jedenfalls wurde mein Kommen gestattet. Vor der großen Reise waren noch etliche Hindernisse zu überwinden. Man durfte die Stadt nur mit einem Passierschein der Engländer verlassen. Meine Mutter schaffte es irgendwie, dieses wichtige Papier zu besorgen. An diese Zugfahrt erinnere ich mich noch deutlich, war es doch das erste Mal, dass ich bewusst mit dem Zug fuhr. Meine ständigen Zugfahrten als Säugling waren nicht haften geblieben. Während der kurzen Fahrt bekam ich plötzlich Hunger. Lustlos kaute ich auf den sauren Rhabarberstängeln herum, die meine Mutter vorausschauenderweise mitgenommen hatte. In unserem Abteil saß ein englischer Soldat, der genussvoll in ein Weißbrot biss. Er konnte wohl die Kauerei auf dem Rhabarberstängel nicht mit ansehen. Vielleicht hatte er auch selber Kinder. Jedenfalls schenkte er mir ein Weißbrot mit Erdnussbutter. Den Geschmack habe ich heute noch auf der Zunge. Später habe ich keine Erdnussbutter mehr gemocht. Schließlich kamen wir bei meiner Tante an. Meine Mutter war noch nicht aus der Tür, als ich anfing zu weinen. Ich war noch nie von zu Hause weg gewesen. Trotzdem stürzte ich mich auf die noch warme fette Kuhmilch. Ich bekam prompt Durchfall, war ich doch nur Magermilch gewöhnt. Meine Tante hatte zwar gegenüber meiner Mutter behauptet, sie hätten selber nichts, aber angesichts der vielen Kühe und Schweine musste sogar ich erkennen, dass es eine Lüge war. Immerhin hatten sie so viel, dass sie in der Lage waren, einen Schinken gegen wertvolles Silber einzutauschen. Natürlich konnte ich mich satt essen, aber ich hatte keinen besonderen Appetit. Tante und Onkel ließen mich spüren, dass ich nicht besonders willkommen war. Zu allem Unglück war ich auch noch evangelisch, was ich nicht wusste. Sie handelten wohl aus christlicher Nächstenliebe. Vor dem Gang zur Toilette hatte ich immer furchtbare Angst. Das Plumpsklo befand sich am Ende des Kuhstalls. Gern schlugen mir die Kühe ihre Schwänze um die Ohren, auch pladderten sie wohl mal ihre Fladen vor meine Füße. Wie in einem solchen Haus zu erwarten war, gab es unendlich viele Fliegen. Um diese zu vernichten, hing ein klebriges gelbes Band von der Decke über dem Küchentisch und baumelte direkt vor meiner Nase. Die vielen Fliegenleichen, mit denen ich ständig konfrontiert wurde, konnten meinen Appetit nicht steigern. Jedenfalls kehrte ich mager nach Hause zurück.

Nun wurde eine andere Möglichkeit erwogen, bei mir eine Gewichtszunahme zu erreichen. In Bad Sooden-Allendorf war schon ein Kinderheim geöffnet. Es gelang meinen Eltern, dort für mich einen Platz zu ergattern. Den Aufenthalt dort habe ich noch viel schlimmer empfunden als die Zeit bei Tante Mary und Onkel Hans. Ich bin vor Heimweh eingegangen. Es gab noch die alten NS-Erzieherinnen, und so herrschten Zucht und Ordnung. Mittags mussten wir zwei Stunden schlafen und durften nicht zur Toilette. Ich nehme an, die Erzieherinnen wollten uns los sein und ihre Ruhe haben. Natürlich schlief kein Mensch. Viele Kinder weinten oder machten ins Bett. Ich habe es mir verkniffen. Das Resultat ist, dass ich noch heute unruhig werde, wenn nicht irgendwo eine Toilette in der Nähe ist. Selbst wenn diese Frauen von Pädagogik keine Ahnung hatten, frage ich mich, wie sie es aushielten, jeden Tag vor den weinenden Kindern zu sitzen. Das Essen war miserabel. Wer seinen Teller nicht leer gegessen hatte, kriegte das Ganze nachmittags noch mal kalt vorgesetzt.

Ich hatte dort ein Erlebnis, das ich nie vergessen habe. Wir spielten oft in der Sandkiste. Ein kleines Mädchen spielte immer allein und sonderte sich ab. Es hatte seine Eltern im Krieg verloren und musste immer in dem Heim bleiben. Ich war entsetzt. Immer in dem Heim zu bleiben und nicht abgeholt zu werden, das war ja ein Alptraum. Ich hoffe, es hat später liebevolle Pflegeeltern gefunden. Als meine Mutter mich vier Wochen später abholte, hatte ich noch mehr abgenommen. Wahrscheinlich haben meine Eltern für diese Tortur noch viel Geld bezahlt. Während meiner Zeit im Kinderheim waren meine Eltern bei Tante Mary und Onkel Hans eingeladen, weil eine Tochter heiratete. Die beiden hatten ja immer wieder bekundet, dass sie selber nichts hätten. An diesem Tage aber wurde nicht gekleckert, sondern geklotzt. Es gab Braten, Buttercremetorten, Schlagsahne und selbstgemachtes Eis. Meine ausgehungerten Eltern stürzten sich auf alles. Nach Hause zurückgekehrt, wurden sie ernsthaft krank. Es ging ihnen noch schlechter, als mir mit der fetten Kuhmilch. Sie waren nur mit Opium wieder zu kurieren.

In diese Zeit fiel ein Ereignis, das in unserer Familie für erhebliche Unruhe sorgte. Irgendwie gelangten wir an Zuckerrüben. Um unsere magere

Verpflegung aufzubessern, sollte daraus Sirup gekocht werden. Es wurden auch die nötigen Gerätschaften ausgeliehen. Schließlich waren wir nicht die einzige Familie, die auf diese Idee gekommen war. An den genauen Hergang der Sirupherstellung kann ich mich nicht mehr erinnern. Ich weiß nur, dass der Sirup ewig lange kochen musste. Hier bot sich der große kupferne Waschkessel in der Waschküche an. Jedes größere Haus hatte eine Waschküche, denn Waschmaschinen gab es noch nicht. Dieser Kessel wurde mit Holz beheizt. Der Sirup musste bei einer ganz bestimmten Temperatur gekocht werden. Dafür musste das Feuer sorgfältig beobachtet werden. Die ganze Geschichte spielte sich nachts ab. Also setzte sich mein Vater auf einen Stuhl und starrte den Waschkessel an. Irgendwann ist er dann eingeschlafen. Er wurde erst wieder wach, als seine Füße heiß und klebrig wurden. Der ganze Sirup war übergekocht, es war nichts mehr zu retten. Meine Eltern haben Stunden gebraucht, um die Waschküche wieder sauber zu kriegen. Irgendwie muss die Sirupkocherei dann aber doch geklappt haben, denn es gab nun dauernd Sirup.

Allmählich rückte die Einschulung näher. Ich empfand mich selber als schulreif, konnte ich doch schon das Wort RUE schreiben. Wie ich auf dieses ausgefallene Wort verfallen bin, weiß ich nicht mehr. Es gab deshalb lange Diskussionen mit meinem Vater, der behauptete, das Wort würde mit »h« geschrieben. Ich gab endlich auf, wusste ich es doch besser. Wo hörte man denn diesen merkwürdigen Buchstaben? Ich freute mich riesig auf die Schule, war ich doch nicht einmal in einem Kindergarten gewesen. Der einzige Kindergarten war völlig überfüllt, und die Kinder brachten ständig Ungeziefer mit nach Hause. Außerdem war ich Einzelkind, worunter ich sehr gelitten habe. Die Familien waren damals kinderreich, ich hatte als Einzige keine Geschwister. Als dann meine Eltern auch noch meinen Kinderwagen gegen einen Schinken eintauschten, ließ ich alle Hoffnung fahren. Umso mehr freute ich mich auf die Schule, da auch alle meine Freundinnen eingeschult wurden. An eine schulärztliche Untersuchung kann ich mich nicht erinnern. Für mich brach eine Welt zusammen, als meine Eltern mir erklärten, ich sei noch zu jung und müsste noch ein Jahr warten. Ich wurde regelrecht depressiv und weinte viel. Als meine Eltern diese Quengelei nicht mehr aushielten, wurde unser Hausarzt zu Rate gezogen. Der meinte nur: »Schicken Sie sie doch einfach hin, wenn sie mal sitzen bleibt, ist das auch kein Drama.« Ich bin aber nie sitzen geblieben.

Ein Schulranzen war schnell gefunden. Auf unserem Dachboden fanden sich immer neue vergessene Schätze. Es war der Schulranzen meiner Mutter, die im 1. Weltkrieg eingeschult worden war. Er war aus Kunstleder und durfte nicht nass werden. Da sich das manchmal nicht vermeiden ließ, zerfiel er recht bald. Wahrscheinlich hatte es während der Schulzeit meiner Mutter weniger geregnet. In dem Ranzen befand sich sogar noch die Schiefertafel. So wurde ich denn zu Ostern 1947 eingeschult.

Meine Grundschulzeit

Meine Mutter hatte mir aus Pappe eine Schultüte geklebt. Diese war zu drei Vierteln gefüllt mit zusammengeknuddelten englischen Zeitungen, die man in rauen Mengen kaufen konnte. Sie wurden normalerweise gern als Toilettenpapier benutzt. Obendrauf lagen Bonbons aus Zucker, die ich so gerne aß. Meine Mutter hatte dafür ihre Zuckermarken geopfert. Gott sei Dank habe ich die Schultüte nicht mit in die Schule genommen, ich war sicher die Einzige, die so etwas Herrliches besaß. Viele Kinder hatten nicht einmal einen Schulranzen. Damals wurden Jungen und Mädchen noch getrennt unterrichtet. Da saßen wir nun, 60 kleine Mädchen, verschüchtert, aufgeregt und erwartungsvoll. Wir rührten uns nicht. Das Wort »Disziplinschwierigkeiten« war noch nicht erfunden. Und dann trat mit munterem Schritt und einem strahlenden Lächeln Frau Bick in unser Leben. Die erste Lehrkraft kann prägend für die ganze Schullaufbahn sein. Wir alle haben Frau Bick geliebt. Damals gab es noch die Prügelstrafe. Es gab genug Lehrer, die von allen möglichen Disziplinarmaßnahmen Gebrauch machten. Das hatte Frau Bick nicht nötig. Erst als ich selber Lehrerin war, ist mir klar geworden, welch herausragende Pädagogin diese Frau war. Ich denke heute noch mit Hochachtung an sie.

Da stand sie vor 60 Kindern, zum Teil aus katastrophalen Verhältnissen. Sie hatte kaum Lehrmittel, viele Kinder hatten keine Schiefertafel. Dank ihr sind wir gern zur Schule gegangen. Sie hat es geschafft, uns allen Lesen und Schreiben beizubringen. Sie hat mit uns sogar ein Weihnachtsmärchen eingeübt, »Rotkäppchen«. Bei ihr habe ich auch meinen ersten Film gesehen: »Die Feldmaus und die Stadtmaus«. Ich habe diesen Film bis heute nicht vergessen. Mit meinen knapp sechs Jahren wurde mir in der Schule zum ersten Mal bewusst, in welcher Not viele Familien lebten. Wir liefen ohnehin von Mai bis September alle barfuß. Aber es gab Kinder, die im Winter nur alle zwei Tage zur Schule kommen konnten, weil sie sich die Winterschuhe mit einem Geschwisterkind teilen mussten. Manche Mädchen trugen keine Schlüpfer, was die Jungen zum Anlass nahmen, ihnen die Röcke hochzuheben. Das Problem hatte ich nicht. Meine Großmutter strickte mir Unterwäsche.

Das Schönste war natürlich die Schulspeisung, die die Engländer für uns organisiert hatten. Niemand vergaß sein Henkeltöpfchen. Bei manchen Kindern war es nur eine alte Konservendose, an der ein Bindfaden befestigt war. Es gab immer eine

Suppe. Vor den Weihnachtsferien gab es immer eine Schokoladensuppe, herrlich. Für manche Kinder war es die einzige richtige Mahlzeit am Tag. Es gab auch Kinder, die die Suppe mit nach Hause nahmen für ihre Familie. Sportunterricht konnte noch nicht erteilt werden, weil in der Turnhalle die ersten entlassenen russischen Kriegsgefangenen kampierten, die auf ihre Entlassung in die Heimat warteten. Sie waren halb verhungert. Wir haben ihnen unsere Suppe geschenkt, und sie haben sie angenommen. Zu Weihnachten 1948 bekamen die fünf besten Schülerinnen der Klasse ein CARE-Paket. Das hatten amerikanische Kinder für uns gepackt. Der Inhalt war überwältigend: Buntstifte und Schokolade. Immerhin habe ich mich geschämt. Das hätten viele andere Kinder aus meiner Klasse nötiger gehabt als ich. Ich habe das Päckchen aber trotzdem behalten. Das Format, es zurückzugeben, hatte ich noch nicht.

Es muss Ende des 1. Schuljahres gewesen sein, als etwas Entsetzliches passierte. Frau Bick kam sehr bedrückt und traurig in unsere Klasse und erzählte uns, dass eine Klassenkameradin und deren Schwester tot seien. Was war passiert? Viele größere Städte in Deutschland bestanden in dieser Zeit überwiegend aus Trümmern und Ruinen. Manche Familien lebten in halb zerstörten und einsturzgefährdeten Häusern, so auch die Großeltern der beiden Kinder in Hannover. Während sie nachts schliefen, stürzte ein Teil des Hauses ein. Die beiden waren sofort tot. Die Großeltern, die sich in einem anderen Teil der Wohnung aufhielten, hatten überlebt. Ich war entsetzt. Etliche meiner Klassenkameradinnen hatten Flucht und Vertreibung erlebt und Schreckliches gesehen. Ich nicht. Es war das erste Mal, dass ich dem Tod begegnete. Unsere Klasse und die Klasse der älteren Schwester gingen geschlossen zur Beerdigung. Die Mutter lag noch mit einem Schock im Krankenhaus, der Vater versuchte immer wieder, sich ins Grab zu stürzen. Es war schrecklich. Diese Geschichte hat mich wochenlang beschäftigt. Die beiden waren die einzigen Kinder ihrer Eltern.

1948, ich war im 2. Schuljahr, erkrankte ich an einer Hirnhautentzündung. Es ist auch heute noch eine ernste Erkrankung. Meine Großmutter väterlicherseits war nach der Krankheit ertaubt, der Sohn einer Freundin meiner Mutter war daran gestorben. Ich kam sofort in die Kinderklinik. Vieles weiß ich noch, als sei es gestern gewesen. Ich sollte punktiert werden, was angeblich sehr weh tat. Ich rührte mich jedoch nicht. Der Arzt sagte: »Du bist aber tapfer.« Ich war aber nicht tapfer, mir ging es nur so schlecht, dass mir alles egal war. Dann lag ich wochenlang allein. Es gab ja noch keine Intensivstation. Ich meinte, ich sei in einem

Keller gelandet, denn an der Decke liefen Rohre entlang. Ich war mir völlig darüber im Klaren, dass ich sterben würde, aber es machte mir nichts aus. Mir taten nur meine Eltern leid. Damals durften selbst schwerkranke Kinder nicht von ihren Eltern besucht werden, aber selbst das war mir gleichgültig. Der Leiter der Kinderklinik, Professor Kleinschmidt, hatte damals für seine kleinen Patienten von den Engländern Penicillin bekommen. Das hat mir das Leben gerettet. Als ich nach einem Vierteljahr entlassen wurde, war ich so klapprig, dass ich mich kaum auf den Beinen halten konnte und erst wieder aufgepäppelt werden musste. Ich hatte ewig in der Schule gefehlt, wurde aber trotzdem versetzt, vielleicht aus Mitgefühl. Den Stoff habe ich dann allerdings schnell nachgeholt. Seitdem bin ich nie mehr ernsthaft krank gewesen.

Ein Prozess in Hamburg

In dieser Zeit bekam mein Vater einen Brief vom Landgericht in Hamburg. Dies sorgte bei uns für einige Aufregung. Mein Vater war als Zeuge in einer Strafsache geladen. Er war ja im Krieg bei der Schnellbootflotille gewesen, und zwar beim Offizierscorps. Nun war sein Kommodore angeklagt. Der Kommodore Rudolph Petersen, Pastorensohn und Ritterkreuzträger, war auch oberster Kriegsherr. Anfang Mai 1945 lagen die Schnellboote vor der Flensburger Förde (Süddänemark) vor Sonderburg. Jeder wusste, der Krieg war praktisch zu Ende. Da hatten sich drei junge Matrosen entfernt und sich bei ihren dänischen Freundinnen versteckt. Dänische Polizisten spürten sie auf und brachten sie zu den Schiffen zurück. Petersen ließ sofort ein Kriegsgerichtsverfahren anberaumen. Die Anklage lautete: Fahnenflucht. Darauf stand im Krieg die Todesstrafe. Der Kommodore unterschrieb die Todesurteile und ließ die drei noch nach der offiziellen Kapitulation vom 8. Mai 1945 erschießen. Begründung: Zersetzung der Truppenmoral. Auch sein christliches Elternhaus konnte ihn nicht daran hindern. Die drei Matrosen hatten natürlich Mütter. Eine der Mütter erhängte sich nach dem Urteil, eine andere kam in eine Nervenheilanstalt.

Wie mein Vater nach Hamburg gekommen ist, weiß ich nicht. Die Verkehrsverbindungen waren katastrophal. Die Züge waren restlos überfüllt. Die Leute standen auf den Trittbrettern und saßen auf den Dächern. Hamburg war noch völlig zerstört. Auf den Gängen des Gerichts trafen sich dann die alten Offiziere wieder, und man konnte sich in Ruhe besprechen. Keiner hat gegen den Kommodore ausgesagt, alle konnten sich nicht mehr erinnern, auch mein Vater nicht. Der Corpsgeist war stärker. Petersen wurde freigesprochen. Übrigens ist es ihm später deutlich besser gegangen als den Müttern der Matrosen. Er wurde Erster Vorsitzender des vornehmsten Hamburger Segelclubs. Der Verein hatte damit ein attraktives Aushängeschild.

Man darf nicht vergessen: Bis in die Fünfziger- und Sechzigerjahre hinein war die gesamte deutsche Verwaltung, also auch die Justiz, durchsetzt von ehemaligen Nazibeamten. Bis auf wenige Ausnahmen gab es einfach noch keine anderen. Die Bevölkerung wollte ihre Ruhe haben und nicht mehr an das ganze Elend erinnert werden. Ein Bundesbruder meines Mannes, Harry Haffner, war letzter Präsident des Volksgerichtshofes. Roland Freisler war ja bekanntlich durch einen Bombenangriff im November 1944 ums Leben gekommen. Haffner hat noch Todesurteile unterschrieben, die wegen der Kapitulation aber nicht mehr vollstreckt wurden. Aber das war nicht sein Verdienst. Nach dem Krieg versteckte er sich unter falschem Namen in einem kleinen Dorf. Alle wussten Bescheid, niemand hat ihn verpfiffen. Später hat er dann von einer guten Pension gelebt. Auch der Vatikan hat sich nach dem Krieg sehr bemüht, führende Nazis nach Argentinien entkommen zu lassen. Es empört mich noch heute, dass die Witwen von Heydrich, Himmler und Freisler hohe Pensionen bekommen haben.

Die Währungsreform 1948

Mit Beendigung des Krieges war die Reichsmark nicht mehr das Papier wert, auf das sie gedruckt war. Kaum einer war bereit, Güter gegen Geld aus der Hand zu geben. Die Tauschwirtschaft bestimmte den Alltag im Handel. Bei Hamsterfahrten auf die Dörfer versuchte jeder, noch vorhandene Güter gegen Lebensmittel einzutauschen. Ironisch sprach man von den »Perserteppichen im Kuhstall«. Auch meine Eltern hatten ja meinen Kinderwagen gegen eine Speckseite eingetauscht. Dass der Speck schon ranzig war, stellte sich natürlich erst hinterher heraus. Die »Zigarettenwährung« bestimmte den Alltag. Für amerikanische Zigaretten konnte man alles haben. Wir besaßen keine. Die amerikanischen Soldaten warfen gerne ihre Kippen auf die Straße, auf die sich dann viele Deutsche stürzten. Mein Vater war zu stolz dazu. Er rauchte weiter das stinkende Zeug aus unserem Vorgarten. Inzwischen hatten sich die englische, die französische und die amerikanische Besatzungszone zur sogenannten »Trizone« zusammengeschlossen. Die Bevölkerung war sich ausnahmsweise mit den Besatzungsmächten einig, dass etwas passieren müsste. So konnte es ja nicht weitergehen.

Da kam am 19. Juni 1948 die Währungsreform. Jeder Bürger erhielt zunächst 40 Deutsche Mark. Die Auszahlung wurde in den Banken von Mitarbeitern des öffentlichen Dienstes vorgenommen. Ich war ungeheuer stolz auf meinen Vater, gehörte er doch zu den aus der grauen Masse Herausgehobenen, die das Geld auszahlen durften. Natürlich begleitete ich meine Mutter und entblödete mich nicht, in der Warteschlange zu verkünden, dass der Mann mit dem vielen Geld mein Vater sei. Die Umstehenden wirkten nur mäßig beeindruckt. Mir war klar, dass mein Vater etwas beiseiteschaffen würde. Es war ja schließlich genug da. Mit dem mir eigenen Taktgefühl sprach ich das heikle Thema natürlich nicht an. Am nächsten Tag waren die Geschäfte voll mit Waren aller Art, nur hatte niemand Geld, sie zu kaufen. Ich wartete die nächsten Wochen auf den großen Geldsegen, der aber nicht eintraf. So vergaß ich die Sache irgendwann.

Mein Großvater

Im November 1948 starb mein Großvater, er wurde 77 Jahre alt. Mein Großvater war ein sehr mutiger Mann, er wusste es nur selber nicht. Er hatte die meiste Zeit seines Lebens im Kaiserreich verbracht. Er liebte sein Vaterland, und er liebte den Kaiser. Ganz im Innersten war er allerdings immer noch Welfe. Göttingen gehörte ja bis 1866 zum Königreich Hannover. Er nahm es den Preußen, insbesondere Bismarck, immer noch übel, dass sie das Königreich Hannover annektiert hatten. Im 1. Weltkrieg war er Soldat gewesen. Es herrschten Zucht und Ordnung, und es gab klare Gesetze, an die man sich zu halten hatte. Undenkbar, dass jemand ohne Prozess bestraft worden wäre. Verurteilt wurden ja ohnehin nur Kriminelle. Der Weimarer Demokratie stand er distanziert gegenüber. Er glaubte an die Dolchstoßlegende: im Felde unbesiegt. Im Übrigen ging es ja zunächst mit der unabhängigen Justiz erst mal so weiter. Dass er inzwischen – ab 1933 – in einem Land lebte, in dem Menschen willkürlich ermordet werden konnten, hätte sein Vorstellungsvermögen überschritten. Als bei Kriegsende die millionenfachen Morde ans Licht kamen, war mein Großvater schon schwer krank. Ich hoffe, er hat es nicht mehr mitgekriegt. In einer Wohnung im Hause meiner Großeltern wohnte ein Jude, ein vornehmer alter Herr, der sehr zurückgezogen von seinen Ersparnissen lebte. Man nannte das damals »Privatier«. Meine Großeltern schätzten ihn menschlich sehr. Es muss 1937, kurz vor der Hochzeit meiner Eltern gewesen sein, als Herr Hammerschlag weinend zu meinem Großvater kam und Folgendes sagte: »Ich weiß, dass Ihre Tochter demnächst heiratet. Ihr Schwiegersohn ist doch sicher in der Partei. Ich habe solche Angst, dass ich aus der Wohnung geworfen werde.« Nun hatte auch mein Großvater mitgekriegt, dass der Nationalsozialismus den Juden nicht freundlich gegenüberstand. Er war ganz erschüttert und versicherte Herrn Hammerschlag, dass das nie der Fall sein würde. Kurz darauf klingelte es abends an der Haustür, die immer verschlossen war. Mein Großvater öffnete. Vor ihm standen zwei junge Männer in SS-Uniform und verlangten in barschem Ton, Herrn Hammerschlag zu sprechen. Mein Großvater ahnte nichts Gutes. Er wollte die beiden nicht einlassen, worauf sie versuchten, ihn beiseitezuschieben. Nun wurde mein Großvater richtig wütend. Er schrie die beiden an: »Scheren Sie sich fort, sonst rufe ich die Polizei, das ist Hausfriedensbruch.« Er glaubte allen Ernstes noch an die Macht der Polizei! Die beiden waren auf diesen Ausbruch nicht gefasst gewesen. Jedenfalls zogen sie tatsächlich wieder ab. In der Wohnung schimpfte mein Großvater weiter: »Diese dummen Jungen.« Er merkte nicht, in welcher Gefahr er schwebte. Herr Hammerschlag hatte diesen Vorfall mitbekommen. Er wusste auch, dass mein Großvater ihn nicht immer würde schützen können. Kurz darauf schickte er seine Haushälterin für einige Tage fort. Als sie wiederkam, hatte er sich mit Tabletten vergiftet. Für meinen Großvater hatte dieser Vorfall glücklicherweise kein Nachspiel. Ich kann im Nachhinein nur sagen: Es haben alle gewusst, alle. Meine Mutter war eine einfache Hausfrau und völlig unpolitisch. Sie hat selber gesehen, wie noch im Herbst 1944 zwei alte Jüdinnen aus unserer Straße mit Handwagen abtransportiert wurden. Und mein Vater, der im Krieg in Scheveningen stationiert war, erzählte von den Zügen mit holländischen Juden, die nach Osten gingen. Wo blieben denn diese Menschen alle? Keiner wollte diesen Gedanken zu Ende denken, und nach dem Krieg wollten alle nur diese Katastrophe vergessen und waren mit ihrem eigenen Überleben beschäftigt. Viele führende Nazis sind unbehelligt davongekommen.

Ein dramatischer Unfall

In der großen Kinderschar unserer Straße lief ich so nebenher. Plötzlich trat allerdings ein Ereignis ein, das mich zum Mittelpunkt des Interesses machte, und ich genoss es sehr. Der Vorfall war eigentlich trauriger Natur. Mein Vater hatte zwei linke Hände und war handwerklich völlig unbegabt. Trotzdem ließ es sich nicht umgehen, dass er gelegentlich Holz hacken musste. Er holte mit seiner Axt so richtig aus, diese rutschte an dem harten Holz jedoch ab und traf sein Bein, das weniger belastbar war als das Holz. Er zog sich eine tiefe Fleischwunde zu, auch Muskeln waren betroffen. Mein Vater musste ins Krankenhaus. Als der Krankenwagen vor unserem Haus hielt, stellten sich schnell die üblichen Gaffer ein. Natürlich wurde ich von allen Seiten ausgefragt. Detailliert berichtete ich über das traurige Geschehen und spann noch einiges hinzu. Schließlich fiel mir nichts mehr ein. Ich versprach jedoch den interessierten Zuhörern in den nächsten Tagen weitere Informationen. Leider flaute das Interesse am Bein meines Vaters schnell ab. Nach einigen Tagen wurde er aus dem Krankenhaus entlassen. Natürlich war er weiter krankgeschrieben und musste im

Bett liegen. Seine Laune war grauenhaft. Das Wort »Krankheit« existierte nicht in seinem Wortschatz. Er regte sich schon auf, wenn sich jemand mal mit einer Grippe ins Bett legte. »Keinen Mumm mehr die Leute heutzutage«, pflegte er zu kommentieren. Meine Mutter musste pausenlos Tabakblätter trocknen, um ihn halbwegs bei Laune zu halten. Inzwischen entwickelte mein Vater einen ausgeklügelten Plan. Er war zwischenzeitlich an das Landgericht in Göttingen versetzt worden. Das Gericht hatte damals einen alten Pritschenwagen, der Akten befördern musste: Dieser Wagen sollte meinem Vater morgens Akten bringen, die er tagsüber im Bett bearbeitete und die der Wagen am Abend wieder abholte. Am nächsten Morgen dann das gleiche Procedere. Nach einiger Zeit konnte sich mein Vater mühsam auf Krücken vorwärtsbewegen. Nun musste ihn der Wagen morgens ins Gericht bringen und ihn abends wieder nach Hause fahren. Auf Mittagessen verzichtete er unter diesen Umständen gern. Er war sehr beliebt, deswegen haben seine Dienstvorgesetzten das ganze Theater wohl mitgemacht.

Übrigens habe ich diese merkwürdige Art von Pflichtbewusstsein von meinem Vater geerbt. Als junge Lehrerin hatte ich einen schweren Bandscheibenvorfall und war lange krankgeschrieben. Es war mir sehr peinlich. So ließ ich mir dann von meinem Mann eine Gartenliege ins Klassenzimmer bringen und unterrichtete wochenlang liegend. Es ging ganz gut, denn ich hatte meine Klassen immer in Schuss. Dass mein Schulleiter das mitgemacht hat, wundert mich noch heute.

Der kriminelle Graf

Eines Tages wurde in unsere Dachgeschosswohnung eine Kriegerwitwe mit sieben heranwachsenden Kindern eingewiesen, darunter mehrere dralle Töchter. Die Kriegerwitwe hatte sich inzwischen mit einem russischen Grafen verbunden. Den Grafen mochten wir allerdings nach den Vorkommnissen, die sich nun abspielten, nicht recht glauben. Es war nun richtig der Bär los, was ich hochinteressant fand, meine Eltern weniger. Die Familie empfing viele Gäste, überwiegend Russen. Sie hatten die unangenehme Eigenschaft, ihre Sonnenblumenkerne auf die Treppe zu spucken beziehungsweise sich dort von ihrem reichlich genossenen Wodka zu trennen. Man feierte fabelhafte Feste, und es kam zu üblen Schlägereien. Die Polizei kannte unsere Adresse schon.

Eines Tages bemerkten meine Eltern, dass die Familie häufig von ständig wechselnden Herren besucht wurde. Die Gründe dafür wurden ihnen schnell klar. Meine Mutter, die ohnehin etepetete war, stöhnte: »Wie gut, dass meine Eltern das nicht mehr miterlebt haben. Wer hätte gedacht, dass aus unserem Haus noch mal ein Bordell wird.« Der Graf war aber nicht nur unmoralisch, sondern auch kriminell. Damals pflegte man die Miete noch bar zu bezahlen. Auch der Graf kam deshalb in unsere Wohnung. Meine Mutter hatte aus Gründen, an die ich mich nicht mehr erinnere, das Wohnzimmer kurz verlassen. Auf dem Tisch lag noch ein 20-Mark-Schein. Ich spielte konzentriert mit meiner Puppe Monika. Da sah ich, wie der Graf mit einer eleganten Handbewegung das Geld vom Tisch fegte und es einsteckte. Meine Mutter kam zurück. Man machte noch kurz Konversation auf gehobener Ebene, wobei der Graf geschickt einige französische Brocken einfließen ließ. Wir erinnern uns, dass im gebildeten Russland um die Jahrhundertwende Französisch gesprochen wurde. Damit konnte man meiner Mutter nicht imponieren. In eine karierte Küchenschürze gewandet, war sie Grande Dame und antwortete auf Französisch. Das war ihr Lieblingsfach in der Realschule gewesen. Mir wurde schon ganz schwindelig von dem Niveau. Schließlich verabschiedete sich der Graf von meiner Mutter mit einem formvollendeten Handkuss. Die gräfliche Erziehung ließ sich eben nicht verleugnen. Meine Mutter suchte anschließend verzweifelt den 20-Mark-Schein. Ich unterbrach kurz mein Spiel und sagte ruhig:

»Den brauchst du nicht zu suchen. Den hat der Graf eingesteckt.« Meine Mutter kochte. Sie begab sich unverzüglich nach oben. Dort erbat sie höflich die Rückgabe des versehentlich eingesteckten Geldes. Der Graf zückte umgehend sein Portemonnaie und sprach von einem bedauerlichen Missverständnis. Kurz darauf wurde der Graf verhaftet. Vielleicht hatte er irgendwo versehentlich einen größeren Betrag eingesteckt. Die Familie, ihres gräflichen Rückhaltes beraubt, zog dann bald aus. Anschließend hatten meine Eltern gut damit zu tun, die verwanzte und völlig verkommene Wohnung in Ordnung bringen zu lassen.

Meine Großmutter

1949 starb meine Großmutter an Kehlkopfkrebs. Das war für mich ein schwerer Schlag, und ich habe zum ersten Mal in meinem Leben richtig getrauert. Diese Krankheit war bei dem damaligen Stand der Medizin ein sicheres Todesurteil. Natürlich merkte ich, dass meine Großmutter schwer krank war, aber ich wollte über die Konsequenzen nicht nachdenken und habe es verdrängt. Eines Nachmittags brachte mich mein Vater zu einer Freundin, wo ich schlafen sollte. Am nächsten Morgen kam er, um mir mitzuteilen, dass meine Großmutter gestorben sei. Anschließend wurden wir beiden Mädchen sang- und klanglos zur Schule geschickt. Das würde man heute sicher nicht mehr machen. Ich war damals im 3. Schuljahr. Herr Büthe, der auch sehr nett war, hatte Frau Bick abgelöst. Glücklicherweise durfte man im Unterricht auf die Toilette. Ich habe den ganzen Vormittag mehr oder weniger weinend auf der Toilette zugebracht. Meine Großmutter hatte meine ganze Kleidung genäht, sie hatte mir Märchen erzählt und mit mir stundenlang »Mensch ärgere dich nicht« gespielt. Zuletzt hatte sie mir noch das Stricken beigebracht. In ihren letzten Lebenswochen hat sie noch mit Hochdruck an einem Pullover für mich gestrickt. »Sonst macht das ja kein Mensch mehr für da Kind«, meinte sie. Ich durfte auch nicht mit zur Beerdigung. »Das ist nichts für kleine Kinder«, hieß es. Meine Großeltern waren beide 77 Jahre alt geworden. Das war bei dem damaligen Stand der Medizin ein hohes Alter.

Beginn auf dem Gymnasium

Als ich ins 4. Schuljahr kam, musste unsere Klasse schon wieder in eine andere Schule. Wir sind insgesamt in drei verschiedenen Schulen unterrichtet worden. Hier waren wir zum ersten Mal mit Jungen zusammen. Unser neuer Klassenlehrer, Herr Aschbrenner, war auch sehr nett. Frech, wie die Jungen waren, nannten sie ihn »Arschbrenner«, was ja auch sehr naheliegend war. Mit meinen Grundschullehrern hatte ich viel Glück. Hier traf ich Marlies und Roswitha wieder. Sie waren beide leistungsschwach, was mich wunderte, denn sie hatten als kleine Kinder viel mehr zu essen gekriegt, als wir anderen. Mir dämmerte dunkel, dass Intelligenz nicht nur mit Essen zusammenhing. Marlies bekam schon einen Busen, worum wir sie beneideten. Sie blieb wieder sitzen. Ich war gemein und dachte: Wenn du uns von deinem Brot hättest abbeißen lassen, wäre dir das nicht passiert. Nun weinte sie, und da tat sie mir schon wieder leid. Der farbige Partner ihrer Mutter hatte sich längst wieder nach Amerika abgesetzt.

Nun ging es darum, welche Schule wir nach

dem 4. Schuljahr besuchen sollten. Für die meisten Kinder war es selbstverständlich, weiter in die Volksschule zu gehen. Die Volksschule hatte damals ein hohes Niveau. Der Besuch einer weiterführenden Schule war auch eine Geldfrage. Sowohl das Gymnasium als auch die Mittelschule (später Realschule) kosteten Schulgeld. Viele Eltern waren Flüchtlinge und lebten in bescheidenen Verhältnissen. Oft waren die Väter gefallen, und die Mütter bekamen nur eine kleine Rente. Göttingen war auch von den umliegenden Dörfern nur schwer zu erreichen. Es gab schon Freiplätze, aber diese Schüler mussten immer gute Zeugnisse haben, sonst mussten sie die Schule verlassen. Oft konnten sie Schulveranstaltungen, die Geld kosteten, nicht mitmachen. Abgesehen vom Gelde, war der Besuch des Gymnasiums eine Frage der gesellschaftlichen Herkunft. In meiner Familie war bisher noch niemand auf dem Gymnasium gewesen. Meine Eltern überlegten lange und hatten natürlich auch ein Gespräch mit Herrn Aschbrenner. Schließlich entschieden sie, dass ich die Prüfung fürs Gymnasium machen sollte. Es gab damals in Göttingen nur das Lyzeum für Mädchen. Die Prüfung dauerte eine Woche. Mir war mulmig zumute, denn ich wollte meine Eltern nicht enttäuschen. Nach einigen Tagen kam ein Brief. Ich hatte bestanden. Von den letzten Sommerferien vor dem Übergang ins Lyzeum habe ich nicht viel gehabt. Ich hatte Angst. Schließlich kam ich in eine Riesenklasse mit über 30 Mädchen, aber das war damals üblich. Die meisten meiner Mitschülerinnen kamen aus Akademikerfamilien. Göttingen ist ja eine Universitätsstadt und hat viele Schulen. Außerdem gab es noch jede Menge Ärzte, Juristen und wohlhabende Geschäftsleute. Für all diese Familien war es selbstverständlich, ihre Töchter auf das Lyzeum zu schicken. Göttingen war nahezu unzerstört und hatte deshalb viele Flüchtlinge aufnehmen müssen, darunter auch eine Reihe ehemaliger ostelbischer Rittergutsbesitzer. Diese Familien waren bitterarm, viele der Väter hatten nichts gelernt, außer ein Gut zu verwalten. Ihre Töchter waren aber alle auf dieser Schule. Später habe ich dann mitbekommen, dass ich leistungsschwache Mitschülerinnen mit einflussreichen Vätern hatte, die mitgeschleppt wurden. Eine Klassenkameradin war deutlich von einer Nichtversetzung bedroht. Luischen war hübsch und nett, aber das war es dann. Ihr Vater, ein reicher Fabrikant, spendete der Schule einen Flügel. Luischen wurde versetzt. Ich wusste damals schon, dass so etwas überall vorkommt, und war ganz froh, dass ich mich allein durchschlagen musste.

Die Zeugnisse der ersten beiden Jahre waren eine Katastrophe. Ich war vorher Klassenbeste gewesen, jetzt sauste ich in den Keller. Meine Zeugnisse enthielten überwiegend Vierer. Ich wurde gerade noch versetzt. Meine Eltern schimpften nicht, aber mein Vater sagte mit Grabesstimme zu meiner Mutter: »Hätten wir sie man doch lieber auf die Mittelschule gegeben.« Das hat mich sehr geärgert. Es war gut, dass ich diesen Satz gehört habe, denn nun setzte ich mich auf den Hosenboden. Meine miesen Mathematikleistungen lagen nicht nur an mir. Ich kenne die Schutzbehauptung: Es liegt am Lehrer. Aber hier stimmte es wirklich. Ich habe diese Lehrerin von ganzem Herzen gehasst. Ich hatte vor jeder Stunde bei ihr Angst. Wir merkten schnell, dass sie sehr ungerecht war. Professorentöchter fasste sie mit Samthandschuhen an, aber an schwachen Schülerinnen wie mir konnte sie ihr Mütchen kühlen. Sie wusste, dass meine Eltern sich nicht beschweren würden. Heute würde ich sagen, es war eine gute Schule fürs Leben, aber so weit war ich damals noch nicht. Es hieß, ihr Verlobter sei im Krieg gefallen, aber dafür konnten wir ja nichts. Eines Tages, es war kurz vor Unterrichtsschluss, nahm sie mich an die Tafel. Ich sollte irgendetwas ausrechnen. Sie wusste, dass ich es nicht konnte. Da stand ich nun mit der Kreide in der Hand und starrte die leere Tafel an. Die Lehrerin weidete sich an meiner Verzweiflung. Inzwischen klingelte es. Die Klasse wurde unruhig und wollte nach Hause.

Ich weiß nicht, wie lange ich so gestanden habe, mir ist es wie Stunden vorgekommen. Die Lehrer im Lyzeum waren für mich Respektspersonen. Ich war damals sehr schüchtern und ängstlich, aber plötzlich wurde ich ganz ruhig. Mir war alles egal. Ich legte die Kreide beiseite, sagte: »Jetzt reicht's«, und ging auf meinen Platz. Dann nahm ich meine Schultasche und verließ die Klasse. Dieses für die damalige Zeit unglaubliche Verhalten hätte eigentlich eine ernste Disziplinarmaßnahme nach sich ziehen müssen, aber es passierte nichts. Entweder hatte sich die Kollegin noch einen Rest von Schamgefühl bewahrt, was ich mir nicht vorstellen kann, oder man hatte ihr im Kollegium gesagt, was man davon hielt. Aber diese Lehrerin war auch durchaus zu subtileren Formen der Gemeinheit fähig. Ab Herbst mussten wir Mädchen damals lange Strümpfe tragen, die mit Strapsen an einem Leibchen befestigt wurden. Ich war immer eine der Ersten, die von ihrer Mutter in diese Strümpfe gesteckt wurden. Eines Tages ließ mich die Lehrerin nach vorn kommen. Ich musste auf einen Stuhl steigen. Sie lüftete etwas meinen Rock und sagte: »Nehmt euch mal ein Beispiel an Bärbel. Das ist ein vernünftiges Mädchen. Sicher wird sie nun im Winter nicht krank.« Ich weiß noch, dass ich mich sehr zusammengenommen habe, um nicht in Tränen auszubrechen. Diesen Triumph wollte ich ihr nicht gönnen. Ich bekam in Mathematik regelmäßig meinen Fünfer, aber inzwischen war ich in den meisten Fächern gut, und die anderen Lehrer hielten ihre Hand über mich. In meinem ganzen ferneren Leben bin ich nur noch einmal auf eine Lehrkraft gleichen Zuschnitts getroffen. Sie hatte eine ähnliche Vita wie jene tüchtige Mathelehrerin. Leider erwischte es unseren jüngeren Sohn. Ich bin damals sofort zur Schulleitung gegangen, und unser Sohn wurde in einen anderen Kurs versetzt. In der 7. Klasse musste diese tüchtige Pädagogin mit uns in die Jugendherberge fahren, da sie inzwischen auch noch unsere Klassenlehrerin geworden war. Es muss wohl irgendeinen Erlass gegeben haben, freiwillig hätte sie es bestimmt nicht gemacht. Wir freuten uns kein bisschen. Es wurde dann aber wider Erwarten doch noch nett. Im Bestimmungsort angekommen, quartierte sich Fräulein T. in einem Hotel ein und ließ sich nur sporadisch blicken. Vor dem Abendessen verschwand sie grundsätzlich, was verständlich war. Auch uns schmeckte der Kamillentee aus den Blechkannen nicht sonderlich. Es war noch eine sehr nette Referendarin mitgefahren, und so hatten wir unseren Spaß und waren froh über die gute Idee mit dem Hotel. Ich wundere mich, dass die Eltern das damals so mitgemacht haben, heute könnte sich das kein Lehrer mehr leisten.

Im Großen und Ganzen bin ich gern zur Schule gegangen. Die meisten Lehrer waren menschlich anständig und erteilten einen ordentlichen Unterricht. Ich war auch fleißig. Das ist mir allerdings nicht bewusst geworden, es war selbstverständlich. Gleich nach dem Mittagessen fing ich mit den Hausaufgaben an. Natürlich ist heute der Unterricht moderner, aber ich habe es damals nicht als Belastung empfunden. In diese Zeit fiel ein Ereignis, das meine Eltern unheimlich geärgert hat, ich war etwa zwölf Jahre alt. Eine Tochter von dem Bauernhof meiner dörflichen Verwandten heiratete. Mein korrekter Vater stellte einen förmlichen Antrag auf Unterrichtsbefreiung. Der Tag der Trauung war schon lange als Wandertag bekannt. Trotzdem wurde der Antrag ohne Grund abschlägig beschieden. Mein Vater war sehr wütend. Aber für meine Eltern war es selbstverständlich, dass ich zu Hause blieb und in die Schule ging. Nie hätten sich meine Eltern über diese unmögliche Entscheidung beschwert. Da meine Eltern schon am Tage vorher fuhren, betreute mich eine Bekannte, die auch bei uns schlief und mich am nächsten Tag zur Schule schickte. Am nächsten Morgen regnete es in Strömen. Als wir in der Schule ankamen, fiel der Wandertag flach, und wir wurden wieder nach Hause geschickt. Bei den damaligen miesen Kommunikationsmöglichkeiten – Anfang der Fünfzigerjahre – konnte ich auch meine Eltern nicht erreichen und gammelte den ganzen Tag zu Hause herum. Mein Vater war tief getroffen. Er wusste natürlich, dass das einem Akademiker nicht passiert wäre, und das hat ihn sehr geärgert. Er sagte nur: »Das nächste Mal bist du krank.«

In Religion hatten wir eine uralte Lehrerin, die ihre pädagogischen Fertigkeiten noch in der Kaiserzeit erworben haben musste. Aber sie war sehr nett, und wir mochten sie. Eines Tages sagte sie zu mir: »Weißt du, ich war ja auch schlecht in Mathematik, aber du bist so eine gute Schülerin, meinst du nicht, dass du auf eine Vier kommen kannst?« Sie wusste, wer uns in dem Fach unterrichtete. Ich sagte ihr, das läge nicht nur an mir. Sie lächelte und schüttelte betrübt den Kopf. Ich fand es sehr nett von ihr, dass sie sich überhaupt mit meiner Person beschäftigte und mir ihre Rechenschwäche gestand. Eines Tages sollte sie noch Besuch vom Schulrat bekommen und das kurz vor ihrer Pensionierung.

Wir merkten, wie nervös sie war. Sie gab uns auf, alle 15 Strophen des schönen Liedes »Geh aus mein Herz und suche Freud« auswendig zu lernen. Wir taten unser Bestes. Dann nahte die schwere Stunde. Zunächst sangen wir alle 15 Strophen gemeinsam. Dann mussten wir alle die 15 Strophen einzeln aufsagen. Wir waren perfekt. Bei der 18.

Schülerin klingelte es zur Pause. Der Schulrat zeigte sich begeistert. Er bedankte sich herzlich bei der Lehrerin und sagte, er habe noch nie eine Klasse erlebt, die so phantastisch auswendig lernen könne. Ich freute mich über den menschlichen Schulrat. Wir hatten alle einen »Türken« gebaut, und niemand hatte sein Gesicht verloren. Kurz darauf wurde die Lehrerin pensioniert, was wir bedauerten. Wir haben unseren Lehrern menschliche Schwächen verziehen, nur mit Gemeinheiten konnten wir nicht umgehen.

Die Erdkundelehrerin, die uns in den ersten Jahren unterrichtete, sorgte für viel Gesprächsstoff. Sie war über 50 und sehr schlampig angezogen. Sie gab sich nicht die geringste Mühe, ihren dicken Bauch zu kaschieren. Wir glaubten alle, sie sei schwanger. Es kam aber nie zu einer Geburt. Sie litt unter einem starken nervösen Augenzwinkern, das uns einerseits faszinierte, andererseits irritierte. Am Ende der Stunde zwinkerten wir alle mit. Wir fanden, dass sie einen ziemlich langweiligen Unterricht gab. Trotzdem freuten wir uns auf ihre Stunden. Der Erdkunderaum befand sich im Keller. Es war ziemlich schummerig. Dort befand sich auch der Diaprojektor, so etwas hatte die Schule tatsächlich schon. Frau Dr. T. zeigte gern und viel Dias. Zwei Schülerinnen hatten die ehrenvolle Aufgabe, den Raum zu verdunkeln, es war aber wichtig, einen kleinen Spalt zu lassen. Wir befanden uns damals in unserer Mickey-Maus-Phase. Wir verschlangen und tauschten die Hefte. Einige Schülerinnen wurden ausgeguckt, die sich am Unterricht zu beteiligen hatten. Wir anderen lasen dankbar unterm Tisch unsere Hefte. Einmal habe ich mir bei ihr eine Fünf eingehandelt. Die Lehrerin zeigte uns Dias aus Österreich. Im Vordergrund sah man einen Holzzaun, dahinter befand sich eine Weide mit einer Kuh. Ich Unglückliche sollte herausfinden, welcher Wirtschaftszweig klar und deutlich auf dem Bild zu erkennen sei. Ich rätselte und rätselte. Schließlich verfiel ich auf Milchwirtschaft. Aber das war falsch. Wir wurden aufgeklärt, dass das Foto die Bedeutung der Holzwirtschaft in Österreich symbolisieren sollte. Das sei doch wohl klar zu erkennen. Meine Mitschülerinnen waren froh, dass der Kelch an ihnen vorübergegangen war.

In der 7. Klasse hatte ich ein furchtbares Erlebnis, jedenfalls habe ich es damals so empfunden.

Die meisten von uns hatten kein Fahrrad. Fahrräder waren Anfang der Fünfzigerjahre sehr teuer. Ich bekam erst eins zur Konfirmation. Meine Freundin Marianne jedoch hatte ein neues Rad. Ich durfte damit einmal über den Schulhof fahren, was streng verboten war. Da ich wenig Übung hatte, kam, was kommen musste. Ich fuhr eine ältere Lehrerin an. Es hatte geregnet, und sie fiel rücklings in den Matsch. Ich hatte das Gefühl, unter mir würde sich der Boden öffnen. Ich war wie versteinert und fing an zu weinen. In meiner Panik dachte ich sofort an einen Schulverweis. Inzwischen hatten andere Schülerinnen der Lehrerin wieder auf die Beine geholfen. Sie war nicht verletzt, nur der Mantel war hin. Sie sah meine abgrundtiefe Verzweiflung. Während sie versuchte, sich den Dreck vom Mantel zu klopfen, sagte sie zu mir: »Nun hör mal auf zu weinen. Du hast es ja nicht mit Absicht gemacht.« Dann ging sie weiter. Wir waren alle sprachlos. Ja, auch solche Lehrer gab es.

Übrigens habe ich nicht so viel Format bewiesen, als ich nach Jahrzehnten in der gleichen Situation war. Ich habe den Schüler erst mal anständig angebrüllt.

1952 hatten wir zusätzlich zwei Wochen Ferien. Normalerweise freuten wir uns über jeden unterrichtsfreien Tag, aber dieses Mal freuten wir uns nicht. Es herrschte eine große Kinderlähmungsepidemie, und alle Schulen waren geschlossen. Die Schluckimpfung war noch nicht erfunden. Ich kannte selber ein Kind, das als Folge dieser Erkrankung im Rollstuhl saß. Als die Schule wieder anfing, wurden wir in der Aula zusammengerufen. Zwei unserer Mitschülerinnen waren an der Krankheit gestorben.

Unsere Fahrt nach Apolda

Zu Weihnachten 1953 erhielt ich ein besonderes Weihnachtsgeschenk. Meine Eltern teilten mir mit, dass wir in die Ostzone, nach Apolda, fahren würden, um die Verwandtschaft meines Vaters zu besuchen. Da Apolda in der sowjetisch besetzten Zone lag, wie es damals hieß, kannte ich dort niemanden, auch nicht meine andere Großmutter. Sie lebte bei der Schwester meines Vaters, die mit Onkel Rudi verheiratet war. Dort lebte außerdem der ältere Bruder meines Vaters, der in der Nazizeit mit seiner Textilfabrik reich geworden war. Die jüngste Schwester meines Vaters war damals schon mit ihrer Familie »nach Westen gemacht«, wie es damals hieß. Während der Woche in Apolda wohnten wir bei Tante Marie und Onkel Erich. Das Paar hatte zwei Söhne. Der ältere Sohn Rolf war noch Ende des Krieges eingezogen worden und galt als vermisst. Er ist nicht wiedergekommen. Der zweite Sohn Egon arbeitete in der Firma seines Vaters mit. Die Abneigung meiner Mutter gegen das Paar teilte ich. Sie waren Geldprotze. Es hieß immer, Onkel Erich habe unter seinem Niveau geheiratet. Das konnte ich nicht beurteilen. Aber dass die Tante intellektuell völlig bedürfnislos war, merkte ich schnell. Ihre erste Frage an mich Zwölfjährige war allen Ernstes, ob ich schon einen Freund habe. Mein Vater erzählte, sein Bruder sei sehr musikalisch und habe früher in jeder freien Minute zur Geige gegriffen. Die Zeiten waren lange vorbei. Apolda war das Zentrum der Textilindustrie in Thüringen. Mein Onkel war früh in die NSDAP eingetreten und hatte mit Wehrmachtsaufträgen blendend verdient. Er hatte aber nicht das Format, mit seinem Reichtum angemessen umzugehen. Das Paar war in der Bevölkerung wegen seiner Geldprotzerei herzlich unbeliebt. Die beiden verkehrten während des Krieges in den sogenannten besten Kreisen von Weimar. Wahrscheinlich waren etliche der Nazigrößen intellektuell auch nicht viel anspruchsvoller als Tante Marie, aber sie hatte wohl den Wunsch, auch in Gesprächen über Literatur mithalten zu können. Behufs dessen wurde unter dem Siegel tiefster Verschwiegenheit ein Student engagiert, der die neuesten literarischen Erzeugnisse lesen musste, um sie dann in schlichten Worten weiterzuvermitteln. Ich fand schon damals, dass es ein Lesen der Inhaltsangabe auch getan hätte, und das hätte sogar Tante Marie selbst gekonnt, denn des Lesens war sie im Prinzip kundig.

Als schon halb Apolda in Trümmern lag, fuhr die Tante noch in einen edlen Pelz gehüllt im »Horch«

durch die Straßen, wütend beäugt von der hungernden und verarmten Bevölkerung.

Ende der Vierzigerjahre begann die Welle der Enteignungen in dem Land, das sich inzwischen »DDR« nannte. Auch Onkel Erich hatte man seine Fabrik weggenommen, nur kleine Teile hatte er noch retten können. Immerhin wohnte die Familie noch im Souterrain ihrer großen Villa und hatte auch die kostbaren Möbel mitnehmen können. Beeindruckend war in diesem Zusammenhang ein Riesengemälde, welches im Wohnzimmer eine ganze Wand zierte. Man war zunächst sprachlos, weil es einen geradezu erschlug. Wir erfuhren dann von Onkel Erich, dass es fast allen Besuchern so erging. Sie waren sprachlos vor Begeisterung. Es zeigte meine Tante Marie (echt Öl). Dazu ist zu sagen, dass Tante Marie stark übergewichtig war. Das galt in dieser Zeit der Hungerei in der DDR schon fast als unanständig. Zudem hatte sie schon lange das Lasziv-Zigeunerhafte in sich entdeckt, oder jedenfalls das, was sie dafür hielt. Dem Künstler war nun die schwierige Aufgabe gestellt worden, diese Wesensmerkmale in Farbe auszudrücken. Das Übergewicht war gekonnt kaschiert worden, sie rekelte sich noch lasziver als in natura. Das Faszinierendste aber waren die schwarz umrahmten Augen, welche wütend und schielend den Betrachter anstarrten. Man konnte diese Sicht der

Dinge dem Maler nicht verargen, hatte er doch kurz zuvor erfahren, dass er für sein Werk mit einem Trainingsanzug entlohnt werden sollte.

Als Gastgeschenk hatten wir ein Pfund guten Westkaffee mitgebracht. Man konnte zwar bei uns alles kaufen, aber er war immer noch teuer, und meine Eltern leisteten ihn sich nicht regelmäßig. Der Dank fiel recht dürftig aus, man war eine bessere Marke gewohnt. Überhaupt lebte die Familie zu unserer Verwunderung besser als wir im Westen. Meine Eltern beschlossen, sich darüber weiter keine Gedanken zu machen, weil es sie ja auch nichts anging. Bei dieser Gelegenheit sah ich zum ersten Mal einen Weihnachtsbaum mit elektrischen Kerzen. Die brannten praktischerweise die halbe Nacht, weil auf dem Weg zum Klo kein Schalter zu finden war. Ich war nur mäßig beeindruckt.

Dass Onkel Erich die Reste seiner Firma retten wollte, war verständlich. Nun machte er meinem Vater einen Vorschlag. Er wollte meinen Eltern Pakete mit Nylonstrümpfen schicken, wir sollten sie aufbewahren. Dann würde sein Sohn Egon kommen und sie im Westen verkaufen. Nun waren Nylonstrümpfe damals sehr teuer. Mein Vater pflegte sie meiner Mutter sogar als Weihnachtsgeschenk zu verehren. Es gab Geschäfte, in denen man Laufmaschen wieder aufnehmen lassen konnte. Selbst mein naiver Vater merkte, dass die Sache nicht ganz astrein sein konnte, und wand sich mit allen Mitteln. Er hatte einen Teil seiner Ausbildung an dem berühmten Kammergericht in Berlin erhalten, worauf er sehr stolz war. Er zitierte gern das Glockenspiel der Garnisonkirche: »Üb immer Treu und Redlichkeit«. Preußische Tugenden saßen ihm in jedem Knochen. Onkel Erich aber zog alle Register. Er, der das Wort »Bibel« nicht mal schreiben konnte, hatte flugs einen Bibelspruch parat: »Du sollst deines Bruder Hüter sein.« Schließlich hatte er meinen Vater weichgeklopft. Nach Hause zurückgekehrt, brach eine Flut von Nylonstrumpfpaketen über uns herein. Nahezu täglich schleppte der Postbote neue herbei. Hier ist im Übrigen die Ehrlichkeit der westdeutschen Post zu loben. Manche Pakete waren aufgerissen und sorgfältig wieder zugeklebt worden. Schnell waren alle Schränke hoch bedeckt. Meine Eltern waren inzwischen wütend geworden, tuschelten doch schon die Nachbarn. Sie hüteten natürlich das kostbare Gut wie ihren Augapfel. Da tauchte endlich Egon auf. Er war mir noch unsympathischer als seine Eltern, machte er doch einen irgendwie verschlagenen Eindruck. Meine Mutter hatte ihm liebevoll ein Nachtlager auf unserem schon etwas durchgelegenen Sofa gerichtet. Er erklärte jedoch gleich, dass er bei einem Freund schlafen werde. Unsere recht dünne Erbsensuppe löffelte er lustlos. Dann verschwand er, um Geschäfte zu machen, wie er sagte. Später erfuhren wir, dass er sich in einem guten Restaurant mit Hilfe der Nylonstrümpfe von unserer Erbsensuppe mit einem Gänsebraten erholt hatte. Geschlafen hatte er im besten Hotel. Kurz darauf kam es zum Bruch zwischen meinem Vater und Onkel Erich. Wir erhielten einen Brief meines Onkels, in dem er schrieb, Egon habe die Pakete nachgezählt, es fehlten einige. Mein Vater hat diesen Brief nicht beantwortet.

Später erfuhren wir, dass sich das Schicksal der Familie traurig entwickelt hatte. Kurz nach der Nylonstrumpfaffäre wurden mein Onkel und Egon wegen »Wirtschaftsverbrechen« verhaftet. Dieses Delikt gab es natürlich nur in der DDR. Sie hatten das wertvolle Gut in Autos mit doppeltem Boden nach Westberlin geschafft, die Mauer war ja noch nicht gebaut. Auch Tante Marie wurde inhaftiert. Sie war nun mit Sicherheit die Unschuldigste von allen. Sie hatte keine Ahnung von den Geschäften ihres Mannes und sich Zeit ihres Lebens nur für Schmuck, elegante Kleider und schnelle Autos interessiert. Nach einigen Wochen wurden dann alle wieder entlassen. Onkel Erich aber wurde zu zwei Jahren Haft verurteilt. Kurz nach Onkel Erichs Entlassung aus dem Gefängnis starb Tante Marie, angeblich an den Folgen eines Potenzmittels.

Es schien meinen Eltern sogar glaubhaft. Onkel Erich vereinsamte nun völlig. Ich mag ungefähr 14 Jahre alt gewesen sein, als Onkel Erich uns noch einmal kurz besuchte. Meine Eltern hatten wohl Mitleid mit ihm. Er hatte nun jeden Halt verloren und erzählte anregend von seinen Erlebnissen mit Damen des horizontalen Gewerbes. Ich war ganz Ohr. Meine Eltern schämten sich in Grund und Boden, solche Themen waren bei uns tabu. Als dann auch noch von einem unehelichen Kind die Rede war, wurde ich ins Bett geschickt. Einige Zeit später starb Onkel Erich. Er wurde von seinem Friseur tot aufgefunden.

Immerhin hat sich der Besuch in Apolda dann für mich doch gelohnt, war es mir doch vergönnt, die große Liebe zu erleben.

Meine erste große Liebe

Zwei Jahre später, ich war damals 14, durfte ich noch einmal allein nach Apolda fahren, um in den großen Ferien Tante Frieda und Onkel Rudi in Apolda zu besuchen. Ich freute mich darauf. Die beiden waren mir sehr sympathisch. Onkel Rudi war Lehrer gewesen. Er wurde aber entlassen, weil er nicht in die SED eintreten wollte. Er muss ein guter Lehrer gewesen sein, der sicher bei seinen Schülern sehr beliebt war. Die beiden waren angenehm einfache Leute geblieben und hatten sich von der Geldprotzerei der anderen Verwandtschaft ferngehalten. Die Reise war nicht ungefährlich, und ich wundere mich noch heute, dass meine Eltern sie gestattet haben. Immerhin holte mich mein Onkel in Weimar vom Bahnhof ab. Sofort nahm er sich meiner an. Ich fühlte mich zum ersten Mal ernst genommen, denn er behandelte mich auf Augenhöhe. Wir führten tiefschürfende philosophische Gespräche, nur bei politischen Themen mussten die Fenster geschlossen bleiben, denn unten wohnte ein Kommunist. Wir fuhren nach Weimar. Wer kam in meinem Alter im Jahre 1955 schon an die Quelle der deutschen Literatur! In Jena besichtigten wir das Planetarium.

Ich war fest entschlossen, Onkel Rudi zu heiraten. Die 45 Jahre Altersunterschied störten mich nicht. Mir war klar, dass die Verwirklichung dieser Pläne auf erheblichen Widerstand stoßen würde. Eine Scheidung kam für das Paar offenbar nicht in Frage. Aber ich rechnete mit einem frühen Ableben meiner Tante (was dann später leider auch eingetreten ist). Ich konnte warten. Die Liaison wurde von meiner Tante erfreulich wohlwollend und großzügig behandelt, was mich wunderte, ging ich doch davon aus, dass der Onkel die gleichen tiefen Gefühle für mich hegte wie ich für ihn.

Meine zerstreuten Eltern hatten von dieser einmaligen Liebe immer noch nichts bemerkt. Der Abschied zerriss mir fast das Herz. Fortan schrieb ich ihm jede Woche einen langen Brief, den er auch postwendend beantwortete. Allerdings empfand ich es als recht störend, dass er sich zunächst langatmig mit meinen Interpunktionsfehlern auseinandersetzte. Auch war er sehr an meiner schulischen Entwicklung interessiert und erbat immer detailliertere Aufklärung über meine Leistungen in den einzelnen Fächern. Ich wusste, dass der Onkel gerne Zigarren rauchte, und hatte noch das stinkende Kraut aus der Ostzone in der Nase. So setzte ich mein ganzes mageres Taschengeld in Zigarren um. Ich führte lange Fachgespräche mit einem Zigarrenhändler, dem ich reinen Wein einschenkte. Auch er nahm die Sache sehr ernst. Jede Woche erstand ich eine Havanna für 30 Pfennig, für mich sehr viel Geld. Der Zigarrenhändler war so freundlich, die Zigarre aufs Eleganteste zu verpacken. Onkel Rudi freute sich immer riesig und bedankte sich jedes Mal aufs Herzlichste.

Die Affäre dauerte ungefähr ein Jahr und neigte sich dann langsam ihrem Ende entgegen. Zum einen spielte sicher die räumliche Trennung eine Rolle. Eine Beziehung will auch durch persönliche Gespräche gepflegt sein, und zu dieser Zeit hatte niemand ein Telefon. Zum anderen wurden mir die langwierigen Betrachtungen meiner schulischen Situation zu viel. Auch der Altersunterschied kam mir inzwischen beträchtlich vor. Und last, but not least: Ich entdeckte plötzlich, dass es Jungen in meinem Alter gab.

Meine Konfirmation 1955

In den Fünfzigerjahren des vorigen Jahrhunderts waren fast alle Menschen Mitglieder der evangelischen oder der katholischen Kirche. Kirchenaustritte gab es kaum. Wir hatten zwei Jahre lang Konfirmandenunterricht bei unserem alten Gemeindepfarrer. Ich fand den Unterricht sterbenslangweilig und erinnere mich im Wesentlichen daran, Unmengen von Kirchenliedern und Bibeltexten auswendig gelernt zu haben. Ich tat es zwar widerwillig, aber ansonsten machte es mir nichts aus. Hier kam ich nach Jahren zum ersten Mal wieder mit Mädchen anderer Schulformen zusammen. Mädchen und Jungen wurden zwar getrennt unterrichtet, aber gemeinsam konfirmiert. Einige Mädchen hatten große Angst vor dem Unterricht, weil sie schlecht auswendig lernen konnten. Immerhin war der Pfarrer Respektsperson und konnte einigen Druck ausüben. Ich erinnere mich noch, dass eines Tages unsere Haushaltshilfe ganz aufgelöst zu uns kam. Sie hatte Besuch vom Pastor bekommen. Die Konfirmation ihrer Tochter war in Frage gestellt, weil Brunhilde die Gesangbuchverse nicht konnte. Die arme Frau weinte fast. Sie hatte sich den Kauf des Kleides vom Mund abgespart und schon die Verwandtschaft eingeladen. Ich wurde ausersehen, mit Brunhilde zu pauken und tat mein Bestes. Sie wurde schließlich konfirmiert. Ich hoffe, dass die Kirche schon lange von einem solch unwürdigen Verhalten abgelassen hat. Angesichts der vielen Kirchenaustritte wird sicher der Unterricht heute moderner sein.

Am Sonntag vor der eigentlichen Konfirmation fand in der Kirche die sogenannte »Prüfung« statt, d.h., der Wissensstand wurde abgefragt. Immerhin war unser Pastor so anständig, uns ein ausgeklügeltes Verfahren vorzuschlagen. Er wollte sich wohl selber nicht blamieren. Wer die Antwort wusste, sollte die rechte Hand heben, die anderen die linke. So war gewährleistet, dass sich immer alle Mädchen meldeten, und die staunende Gemeinde konnte unser Können bewundern. Außerdem bekamen einige Mädchen kleine Zettel mit Bibelversen in die Hand gedrückt, die sie unbedingt können mussten. Die Namen samt dazugehörigem Bibelvers hatte sich der Pfarrer sorgfältig notiert. Es waren ja alle Eltern da, und jede Konfirmandin musste mindestens einmal drankommen. Das Ganze war eine einzige Show, und jeder wusste es.

Mein Vater hatte mit der Konfirmation ein großes Problem. Während des Krieges geriet er in Berlin in einen Bombenangriff. Er flüchtete in eine U-Bahn-Station, in der sich schon Hunderte von

Menschen befanden, vor allem natürlich Frauen und Kinder. Plötzlich schwankte die Decke, und es brach eine Panik aus. Seitdem konnte sich mein Vater nicht mehr in geschlossenen Räumen aufhalten, die er nur unter Schwierigkeiten verlassen konnte. Er litt also unter Platzangst. Er hatte seitdem weder ein Kino, ein Theater oder eine Kirche besucht. Heute würde man eine Psychotherapie machen, aber so etwas gab es damals noch nicht. Also wurde eine Freundin meiner Mutter als Hilfe engagiert. Er saß dann mit der Dame in der letzten Reihe und hat sowohl Prüfung als auch Konfirmation kreideweiß überstanden. Zu meiner Konfirmation bekam ich zwei Kleider, ein sogenanntes »Prüfungskleid« und ein Kleid zur Konfirmation. Damals hatten die meisten Familien eine Schneiderin. Zur Prüfung bekam ich ein hellblaues Wollkleid, das ich dann noch jahrelang geschleppt habe. Alle Mädchen trugen zur Konfirmation ein schwarzes Kleid, entweder aus Samt oder aus Taft. Auch hier dachte meine Mutter wieder vorausschauend und praktisch. Das Kleid war zweiteilig. Der Rock konnte später in der Tanzstunde mit verschiedenen Blusen variiert werden. Die Jungen, auch aus den ärmsten Familien, trugen alle schwarze Anzüge.

Warum habe ich mich überhaupt konfirmieren lassen? Sicher nicht aus religiösen Gründen und sicher auch nicht wegen der Geschenke, denn die waren damals äußerst bescheiden. Glücklicherweise kam noch niemand auf die Idee, Geld zu schenken. Unsere Familie war nicht besonders religiös, aber man hielt sich selbstverständlich zur Kirche. Unausgesprochen lebte man in einer großen Gemeinschaft, die aber auch Geborgenheit vermittelte. Wenn meine Eltern mir nicht gestattet hätten, mich konfirmieren zu lassen, wäre eine Welt für mich zusammengebrochen. Bis zum Tode meiner Großmutter musste ich noch jeden Mittag ein Tischgebet sprechen. Das war damals durchaus noch in vielen Familien üblich. Außerdem war es natürlich auch ein rein gesellschaftliches Ereignis, bei dem der Konfirmand zum ersten Mal im Leben im Mittelpunkt stand. Die Familien zeigten auch nach außen, was sie sich materiell leisten konnten. Aber es waren Zeiten, in denen sich das noch in einem bescheidenen Rahmen bewegte. Meine Mutter hatte alles perfekt organisiert. Unter anderem wurde für das Mittagessen eine Kochfrau engagiert. Diese Frauen, deren Namen durch Mund-zu-Mund-Propaganda weitergesagt wurden, genossen natürlich einen unterschiedlichen Ruf. Man musste sich monatelang vorher darum kümmern. Kein Mensch kam auf die Idee, in ein Restaurant zu gehen, es wäre auch viel zu teuer gewesen. Etwas vorkochen und es einfrieren war auch nicht möglich, weil es noch keine Tiefkühltruhen gab. Wir hatten damals auch noch keinen Kühlschrank. Ich kannte auch niemanden, der einen besaß. Wir bewahrten unsere Lebensmittel in unserem sehr kühlen Keller auf. Vor jeder Mahlzeit musste ich in den Keller hinunterlaufen, um Wurst und Käse zu holen. Dabei hatten wir noch Glück, dass wir im Erdgeschoss wohnten, denn den Mietern der drei anderen Etagen blieb auch nichts anderes übrig. Dass unser Haus keinen Fahrstuhl besaß, brauche ich kaum zu erwähnen. Zu der Feier waren natürlich Tante Mary und Onkel Hans eingeladen. Zudem konnten zu unserer großen Überraschung auch meine Großmutter, Tante Frieda und Onkel Rudi aus der DDR kommen. Wie sie die Ausreise, die schon damals sehr schwierig war, geschafft haben, weiß ich nicht mehr. Ich hatte mich sehr auf Onkel Rudi gefreut. Als er endlich da war, stellte ich fest, dass meine Gefühle für ihn restlos erloschen waren. Er war einfach nur noch ein sehr netter älterer Onkel. Dass die Konfirmation nicht in einem Riesenkrach unterging, war ausschließlich seinem pädagogischen Geschick zu danken. Noch heute schäme ich mich meiner Schusseligkeit und Unreife, die nun wirklich einer Konfirmandin unwürdig war. Nachdem uns die letzten Flüchtlinge verlassen hatten, bekam ich endlich mein eigenes Zimmer. Sehr wohnlich war es nicht gerade, denn es war mit ausrangierten Möbeln bestückt, aber ich konnte dort ungestört mit meinen Freundinnen klönen. Wir hatten in der ganzen Wohnung Ofenheizung. Der Ofen in meinem Zimmer wurde aus Ersparnisgründen selten beheizt, zu dieser besonderen Gelegenheit natürlich doch. Wir saßen am Samstagnachmittag friedlich bei echtem Bohnenkaffee und einer fetten Buttercremetorte, als wir plötzlich einen brenzligen Geruch wahrnahmen. Alles stürzte auf den Flur. Der Geruch kam aus meinem Zimmer. Als mein Vater die Tür öffnete, schlug uns ein furchtbarer Gestank entgegen. Außerdem war das Zimmer völlig verqualmt. Nach einer Sekunde absoluter Fassungslosigkeit wurde der Ruf nach der Feuerwehr laut. Ein Feuer war allerdings nirgends zu entdecken. Onkel Rudi zeigte als Einziger eiserne Nerven. Er fand in einer detektivischen Meisterleistung schließlich den Grund für diese mittlere Katastrophe, allerdings recht spät. Wie sollte man auch darauf kommen? Ich befand mich in dieser Zeit zum Ärger meiner Eltern gerade in einer Phase des intensiven Kaugummigenusses, das ich als ausgesprochen lässig empfand. Die nicht mehr zu benutzenden Kaugummis pflegte ich achtlos hinter den Ofen zu kleben, um sie dann irgendwann zu vergessen. Mein Vater tobte. Es glückte Onkel Rudi, ihn mit irgendwelchen Gemeinplätzen zu beruhigen: jugendliches Alter, Vergesslichkeit und was dergleichen Dinge mehr sind. Der Geruch war wochenlang nicht aus der Wohnung zu bekommen. Statt nun dankbar und bescheiden zu sein, dass diese Geschichte noch halbwegs gut ausgegangen war, hatte ich offenbar immer noch nicht genug. Für den nächsten Vorfall schäme ich mich noch heute. Was mich als 14-jährige Konfirmandin bewogen hat, meinem Vater, als er aufstand, den Stuhl wegzuziehen, ist mir heute noch schleierhaft. Er setzte sich recht derbe auf sein Hinterteil. Glücklicherweise hatte er sich nicht verletzt. Jetzt blieb selbst Onkel Rudi die Spucke weg. Aber was sollten meine Eltern machen? Die Konfirmation musste durchgezogen werden. Am nächsten Tag, dem 20. März, war mein Geburtstag, dieser Tatsache wurde verständlicherweise nur mit einer flüchtigen Gratulation gedacht. Es war ein eiskalter Tag, ein leichter Nieselregen ging hernieder. Mit unserem Pastor vorneweg ging es vom Gemeindehaus zur Kirche, ein Weg von etwa zehn Minuten. Es war nicht üblich, über dem Konfirmationskleid einen Mantel zu tragen. Meine Mutter bestand darauf, dass ich über dem Oberteil eine dicke Strickjacke anzog. Nach den Ereignissen vom Vortag wagte ich nicht mehr, den großen Aufstand zu proben. An den Konfirmationsgottesdienst selber erinnere ich mich nicht mehr, meinem armen Vater muss er ewig vorgekommen sein. Nach Hause zurückgekehrt, ging es ans Auspacken der Geschenke. Da wir in unserer Straße sehr bekannt waren, fühlten sich viele Nachbarn verpflichtet, etwas zu schenken. Es gab viele Topfblumen, aber auch Taschentücher mit einem selbst umhäkelten Rand. Welche Arbeit steckte darin! Das Geschenk meiner Eltern haute mich um: ein Fahrrad. Ich hatte es mir seit Jahren gewünscht, aber schließlich resigniert. Viele meiner Mitschülerinnen bekamen ihr erstes Fahrrad zur Konfirmation. Ich hatte einen Schulweg von ca. 40 Minuten. Es war selbstverständlich, dass ich zu Fuß ging. Darüber habe ich nie nachgedacht. Man erledigte alles zu Fuß. Meine Eltern hatten nie Fahrräder besessen, geschweige denn ein Auto. Sie hatten auch keinen Führerschein. Im Übrigen gab es natürlich schon Busse. Das Fahrrad erweiterte meinen Aktionsradius beträchtlich.

Doch zurück zur Konfirmation. Mittags genossen wir das Essen der Kochfrau: Suppe, Rouladen, Gemüse und Kartoffeln. Zum Nachtisch gab es Schokoladenpudding mit Vanillesauce. Phantastisch, es war wirklich ein Festessen! Nachmittags gab es Buttercremetorten, der Begriff »Cholesterin« war noch nicht Allgemeingut. Abends fand dann noch ein Abendmahlsgottesdienst statt, dem mein Vater sich unter einem Vorwand entzog. Die Gäste, meine Eltern und ich waren uns einig, dass es eine sehr schöne Konfirmation gewesen war. Meine Untaten vom Vortag waren vergessen. Es war selbstverständlich, dass ich mich bei allen Schenkern persönlich bedankte. Übrigens haben mein Mann und ich das 30 Jahre später von unseren Söhnen auch verlangt.

Man kann das Rad der Geschichte nicht zurückdrehen, und es ist sicher auch Nostalgie dabei, aber mir scheint, dass wir damals zufriedener gelebt haben als die Menschen heute. Wir brauchten nicht zu hungern, und wir hatten ein Dach über dem Kopf. Ob die Leute heute mit ihrem überzogenen Anspruchsdenken und dem großen Werteverlust glücklicher leben, wage ich zu bezweifeln.

Die Tanzstunde

Als ich in die 9. Klasse kam, nahte die Tanzstunde. Ich hatte große Angst davor. Ich ging ja in eine reine Mädchenschule und hatte bisher keine Jungen kennengelernt. Meine Mitschülerinnen hatten wenigstens Brüder. Außerdem waren sie meistens ein Jahr älter als ich und hatten schon mehr Erfahrungen mit dem anderen Geschlecht. Ich war linkisch, ungeschickt und schüchtern. Dass sich dann mein Verhältnis zu Jungen normal entwickelte, hatte ich nur Peter zu verdanken. Ich kann ihn auch heute nur loben und preisen. Unsere Tanzstundenherren waren Schüler der 10. Klasse eines Gymnasiums. Ich hatte furchtbare Angst, als Mauerblümchen sitzen zu bleiben, wie es einigen meiner Klassenkameradinnen passierte. Peter, der nun auf der Bildfläche erschien, hatte wahrscheinlich ähnliche Probleme wie ich. Wir bildeten schnell eine Zweckgemeinschaft. Unter der strengen Knute unserer Tanzlehrerin traten wir uns auf dem ausgetretenen Parkett dankbar auf die Füße und das zu den schönen Schlagern »Steig in das Traumboot der Liebe« und »Ich tanze mit dir in den Himmel hinein«. Peter war durchaus begehrt, besaß er doch als Einziger der jungen Leute schon ein Moped, damals eine Seltenheit. Man konnte darauf mitfahren. Manchmal holte er mich von der Schule ab. Ich bestieg dann unter den neidischen Blicken meiner Mitschülerinnen und mit großem Tamtam das luftige Gefährt. An einen zweiten Sattel kann ich mich nicht erinnern, ich klammerte mich an Peter fest. Jener Peter mit dem Moped verhalf mir auch zu meinem ersten schriftlichen Tadel, leider nicht dem letzten. Es wurde eine freiwillige Koch-AG angeboten, die natürlich nach dem normalen Unterricht stattfand. Nun war Kochen das Allerletzte, was mich interessierte. Dass ich heute eine begeisterte Hobbyköchin bin, ist sicher nicht dieser Koch-AG zu verdanken. Meine Mutter prügelte mich jedoch dorthin. Eine Diskussion darüber beziehungsweise ein Widerspruch dagegen wäre zu damaliger Zeit undenkbar gewesen. Ich fand den Unterricht sterbenslangweilig. Die Lehrerin war sehr verwundert, dass ich mich immer darum riss, den Müll wegzubringen. Ich hielt mich dann immer sehr lange bei den Mülleimern auf. Eines Tages nun wollte mich Peter mit seinem Moped von der Schule abholen. Ich schwänzte die Koch-AG. Natürlich kam dieses unmögliche Verhalten schnell ans Licht des Tages. Als ich einige Tage später aus der Schule kam, empfing mich zu Hause eisiges Schweigen. Lustlos löffelte ich die Erbsensuppe.

Bevor ich mich dann dem leckeren Birnenkompott zuwenden konnte, wurde mir ein Brief der Schulleitung auf den Tisch geknallt. Der Tadel! Ob meines dreisten Verhaltens sollte mir die Bemerkung der Teilnahme an dieser AG im Zeugnis versagt bleiben. Ich heuchelte mühsam Betrübnis, obwohl mir diese Bemerkung von Herzen gleichgültig war. Meine Eltern waren stinksauer. Immerhin zeigte sich meine Mutter noch lernfähig. Kurz darauf wurde eine freiwillige Handarbeits-AG angeboten, in der Nachthemden genäht werden sollten. Ich musste daran nicht mehr teilnehmen. Dafür habe ich später für meine Enkelinnen bildschöne, mehrfarbige Pullover und Strickjacken gestrickt und Frotteehandtücher bestickt.

Der Zorn meiner Eltern verrauchte erfreulich schnell, und ich durfte als Erste in meiner Klasse einen Hausball geben. Das war damals etwas ganz Besonderes. Als junges Mädchen konnte man nicht einfach in einem öffentlichen Lokal tanzen gehen, das schickte sich nicht. Die Initiative zu diesem Ball war nur meiner Mutter zu verdanken. Sie war für die Mitte der Fünfzigerjahre eine emanzipierte Frau. Sie hatte ja ein großes Mehrfamilienhaus geerbt. Die Mieteinnahmen gingen auf ihr eigenes Konto. Dadurch hatte sie das Gefühl einer gewissen finanziellen Unabhängigkeit. Damals war kaum eine Frau berufstätig. Die meisten

Frauen bekamen von ihren Männern Haushaltsgeld zugeteilt. Noch schlimmer waren die vielen Fälle, wo die Frauen beim Kaufmann anschreiben lassen mussten. Da wurde jedes Petersiliensträußchen registriert. Zweimal im Monat ging der Mann hin, kontrollierte jeden Posten und bezahlte. So etwas gab es bei meinen Eltern nicht. Meine Mutter war eine sparsame Hausfrau. Wenn das Geld ausgegeben war, ging mein Vater zur Bank und holte neues. Anders ist es heute bei meinem Mann und mir auch noch nicht. Mich empört jetzt noch, wie demütigend viele Frauen damals behandelt wurden. Sie waren unterwürfig und hatten zu spuren.

Der geplante Hausball schlug in meiner Klasse wie eine Bombe ein. Meine Freundinnen rissen sich um die Einladungen. Die Kühnheit meiner Mutter im Hinblick auf dieses gesellschaftliche Ereignis war kaum zu überbieten. Wir besaßen nicht mal einen Plattenspieler. Den konnte man sich in einem Radiogeschäft samt den dazugehörigen Platten leihen. Woraus zu schließen ist, dass auch in anderen Familien dieses wichtige Gerät nicht vorhanden war. Die Schallplatten durfte ich aussuchen. Ich schwärmte gerade für die »Caprifischer«. Damit das leibliche Wohl nicht zu kurz kam, schmierten meine Mutter und ich jede Menge Wurst- und Käsebrötchen. Es gab sogar Alkohol in Form einer sogenannten »Kalten Ente«. Sie bestand aus sehr viel Mineralwasser und sehr wenig Weißwein. Der Flur wurde ausgeräumt, und wir tanzten bis morgens um drei. Hinterher behaupteten meine Freundinnen, es wäre der schönste Ball ihres Lebens gewesen, aber da hatten sie noch keine Erfahrungen.

Die heutigen Party- und Discobesucher hätten für unsere Form von Tanzvergnügen sicher nur ein müdes Lächeln übrig, aber wer hat wohl mehr Spaß gehabt?

Nach der Tanzstunde: Klaus

Nach der Tanzstunde wollte ich natürlich weiter tanzen. Ich hatte inzwischen Feuer gefangen.

Ab der 10. Klasse durften wir an Schulbällen teilnehmen. Wie gern hätte ich mitgemacht. Etliche meiner Klassenkameradinnen, die ja alle älter waren als ich, hatten schon Freunde. Die Zweckgemeinschaft mit Peter hatte sich längst aufgelöst, auch sein Moped konnte mich nicht mehr locken. Weit und breit war jedoch kein Tanzpartner in Sicht. Da hatte ich eine Idee. Ich wusste, dass ein Kollege meines Vaters einen Sohn in meinem Alter hatte, der eventuell für diesen Zweck in Frage kommen konnte. Jedenfalls hatte mein Vater gesprächsweise mal ein Wort darüber fallen lassen. Ich wundere mich noch heute über meine Kühnheit. Ich bat meinen Vater, doch mal jenen Kollegen zu fragen, ob sein Sohn nicht Lust habe, mit mir auf diesen Schulball zu gehen. Mein Vater war zunächst sprachlos ob dieser Zumutung. Aber ich konnte ihn um den Finger wickeln. Wie zu Kleinkinderzeiten hatte ich die Fähigkeit noch nicht verloren, spontan in Tränen auszubrechen. Zudem verfügte ich über für die Gesprächspartner unangenehme Eigenschaft, meine Emotionen der Lage angepasst problemlos steigern zu können. Unter Schluchzen fielen von mir Wörter wie alte Jungfer, Kloster, sogar vor Suizidgedanken schreckte ich nicht zurück. Mit anderen Worten, ich zog alle Register. Schließlich hatte ich meinen Vater weichgeklopft. So fragte er denn den Kollegen. Es muss ihm entsetzlich peinlich gewesen sein.

Nach einigen Tagen klingelte es, und vor der Tür stand ein gut aussehender junger Mann. Er wirkte allerdings recht unfroh. Wir machten dann etwas Konversation, selbstverständlich im Beisein meiner Mutter, und er taute zusehends auf. Er hieß Klaus und studierte im 2. Semester Mathematik. Der Schulball mit Klaus war dann traumhaft. Und nun begann meine zweite platonische Liebesaffäre nach Onkel Rudi. Wir sahen uns in jeder freien Minute. Klaus hat mir dann später erzählt, dass er sich mit allen Mitteln gesträubt habe, mit einem fremden jungen Mädchen unter diesen Umständen auf einen Ball gehen zu müssen. Zudem musste er natürlich annehmen, dass mit mir irgendetwas nicht stimmte, wenn zu solchen Mitteln gegriffen werden musste. Aber mit Hinweis auf den Kollegen hatte ihn sein Vater unter Druck gesetzt und sogar mit Sanktionen gedroht. So hatte er dann in den sauren Apfel gebissen. Er sei dann jedoch freudig überrascht gewesen. Nach einiger Zeit bot ich ihm das »Du« an. Man fasst es heute nicht mehr, aber in den Fünfziger- und Sechzigerjahren siezten sich die jungen Leute noch. Das »Du« war sozusagen der Gipfel der Vertraulichkeit. Zu mehr als einem Kuss kam es in unserem Alter, Klaus war 20 und ich 16 Jahre alt, ohnehin nicht. Ich war noch nicht mal richtig aufgeklärt. Das Einzige, was meine Mutter zu einer Aufklärung beitrug, war der schöne Satz: »Komm mir nie mit einem unehelichen Kind an.« Auch die Schule hatte sich um Aufklärung gedrückt. Als ich dann älter wurde, kam noch die Angst vor einer Schwangerschaft dazu, denn die Pille, die es schon gab, wäre für mich nie und nimmer verfügbar gewesen. Klaus studierte ja im 2. Semester Mathematik, und ich hoffte, mit seiner Hilfe, meine chronisch schlechte Mathematikzensur verbessern zu können. Zu einer Nachhilfe ist es auch gekommen, aber nicht in Mathematik. Klaus war ein fleißiger Student und ein guter Sohn. Einmal konnten wir uns nicht treffen, weil er für seine Mutter Teppiche klopfen musste. Seine Besuche bei uns waren immer von den Argusaugen meiner Mutter begleitet. Ich bekam eine schwere Mandelentzündung und musste länger das Bett hüten. Klaus besuchte mich treulich und durfte sogar neben meinem Schmerzenslager sitzen. Nun hatten wir 1957 noch Ofenheizung. Da das Kaugummidrama schon zwei Jahre zurücklag, konnte der Ofen sogar geheizt werden. Meine Mutter kam dauernd ins Zimmer, um nach dem Feuer zu sehen, was wir als ausgesprochen störend empfanden. Diese Sorge hatten Klaus' Eltern nicht. Sie konnten unbeschwert und wohlgemut das Haus verlassen, besaß die Familie doch einen Anstandswauwau im wahrsten Sinne des Wortes. Dackel Schnuffi war entsetzlich eifersüchtig. Wenn wir durchaus friedlich auf dem Sofa saßen, saß das unangenehme Tier vor uns und starrte uns unentwegt an. Selbst mit dem leckersten Hundefutter, das ich von meinem mageren Taschengeld kaufte, war er nicht in die Küche zu locken. Wollten wir uns dann wirklich mal näherkommen, sprang Schnuffi laut kläffend zwischen uns. Gern schnappte er auch mal zu. Ich hätte dem verfetteten Tier den Hals umdrehen können. Klaus und ich schworen uns ewige Treue und wollten später mal heiraten. Wir machten es davon abhängig, ob es uns gelänge, gemeinsam übers Osterfeuer zu springen. Wir schafften es nicht, was uns ernüchterte. Langsam lief die Geschichte aus, wir hatten nicht mal einen Krach. Missen möchte ich diese zweite Liebe nach Onkel Rudi nicht. Bevor nun Helmut in mein Leben trat, hatte ich ernste schulische Probleme.

Auf Biegen und Brechen

In der 11. Klasse schien meine bis dahin so hoffnungsvolle Karriere ein jähes Ende zu finden. An meine Fünf in Mathematik hatte ich mich inzwischen gewöhnt und sah ganz wohlgemut in die Zukunft. Aber nun kamen die Fächer Physik und Chemie dazu. Die Noten in diesen Fächern galten für das Abiturzeugnis. In Chemie war ich auch nicht großartig. Doch hier retteten mich Glück und Fleiß. Wir hatten ewig keinen Chemieunterricht gehabt. Und auch da waren meine Leistungen deutlich verbesserungswürdig gewesen. Nun bekamen wir eine ältere Lehrerin, die uns überhaupt nicht kannte. Sie ließ kurz entschlossen eine Arbeit schreiben, die allerdings eine Woche vorher angesagt wurde. Die Themen waren also bekannt. Allerdings waren die Seiten im Chemiebuch für mich nicht erhellend. Nun konnte ich immer sehr gut auswendig lernen. Also setzte ich mich hin und lernte 30 Seiten auswendig wie ein Weihnachtsgedicht. Damit hatte ich allerdings eine Woche gut zu tun. Das Resultat war, dass ich als Einzige in der Klasse eine Eins schrieb. Meine Klassenkameradinnen wunderten sich, hatte ich mich doch in Chemie nie besonders hervorgetan.

Das Ergebnis ist, dass in meinem Abiturzeugnis in Chemie völlig unverdient eine Zwei prangt. Physik wurde von derselben Lehrerin unterrichtet, die uns jahrelang in Mathematik gepiesackt hatte. Ich wusste, mit zwei Fünfen war mein Absturz besiegelt. Ich würde sitzen bleiben. Es gab zwei Möglichkeiten: Entweder würde ich die Klasse wiederholen oder meine Eltern würden mich von der Schule nehmen, wahrscheinlich Letzteres. Mit dem Berufsbild einer Fleischereifachverkäuferin hatte ich mich bisher allerdings noch nicht beschäftigt. Was dann passieren würde, das wagte ich nicht zu Ende zu denken. Ich muss damals eiserne Nerven gehabt haben, ich vertraute einfach auf mein Glück. Meinen Eltern sagte ich nichts. Am nächsten Tag schlich ich zur Schule wie ein Lamm zur Schlachtbank.

Nun war es ein bitterkalter Wintertag. Der Schulhof war glatt und vereist. Wir hatten vor der Physikarbeit noch die große Pause. Wir hatten einen Referendar mit krummen Beinen, und wir wetteten, wer es schaffen würde, einen Schneeball durch diese krummen Beine zu werfen. Daran kann man aber auch sehen, wie kindlich wir noch waren. Die Zeit mit dem Kaugummidrama lag noch nicht allzu lange zurück. Ich setzte schwungvoll an und erwachte wieder in dem sogenannten Ruheraum, wo man kurzfristig erkrankte Schülerinnen aufbewahrte. Ich war ausgerutscht und auf den Hinterkopf gefallen. Zu meinen Füßen stand mit säuerlicher Miene meine Mathe- und Physiklehrerin. Ein Wort des Bedauerns wollte ihr nicht über die Lippen. Ich unterstrich meinen ernsten Zustand dadurch, dass ich mich übergab. Mir war hundeübel. Irgendwie wurden meine Eltern verständigt, Telefon hatten wir ja noch nicht, und ich wurde ins Krankenhaus gebracht. Dankbar für die Gehirnerschütterung sank ich selig ins weiße Krankenhausbett. Ich war gerettet. Ich erschien erst wieder zur Zeugnisverteilung in der Schule und freute mich über mein Zeugnis mit den vielen guten Noten in allen Hauptfächern, in Physik überstrahlte eine Vier alles andere.

Helmut

Eines Tages meldete sich mein Onkel bei mir. Er war eigentlich mehr ein Nennonkel und war der Mann der besten Freundin meiner Mutter. Onkel Hans war Mitglied einer studentischen Verbindung. Ein Burschenschafterball war in Sicht. Er könne dafür sorgen, dass ein junger Bundesbruder mit mir hinginge. Ich war begeistert. Damals trugen die jungen Leute bei solchen Gelegenheiten »Couleur«, d.h. Mütze und Band ihrer Verbindung. Auf dem Ball amüsierte ich mich prächtig. Plötzlich forderte mich ein blendend aussehender junger Mann auf. Als Erstes fiel mir auf, dass er ein grünes und ein braunes Auge hatte. Das hatte ich noch nie gesehen. Mein Tanzpartner war sehr charmant, und wir plauderten angeregt. Der Tanzabend war zu Ende, und damit war die Sache erst mal erledigt. Einige Zeit später klingelte es bei uns an der Wohnungstür, und vor mir stand der junge Mann vom Burschenschafterball. Er wollte mich zu einem Ball auf seinem Verbindungshaus einladen. Ich sagte freudig zu. Meine Mutter warnte mich: »Lass dich nicht mit diesem jungen Mann ein. Der ist ja so verhungert, dass er sich am Treppengeländer hochziehen muss.« Inzwischen bin ich mit Helmut 50 Jahre verheiratet, und er ist immer noch so dünn, obwohl ich sehr gut koche. Nun begannen wunderbare Jahre. Der Sommer 1958 war <u>unser</u> Sommer. Wir waren unbeschwert und hatten keine Sorgen. Wir trafen uns fast täglich. Die Schule kümmerte mich wenig, sie lief so nebenher. Geld hatten wir kaum, aber das machte nichts. Einige seiner Bundesbrüder waren mit Schulkameradinnen von mir befreundet. Wir feierten auf dem Verbindungshaus fabelhafte Feste, machten allein oder mit Bundesbrüdern Radtouren und gingen ins Freibad. Am Wochenende warfen wir unser Geld zusammen. Wir hatten genau drei DM zur Verfügung. Der billigste Platz im Kino kostete eine Mark. Anschließend tranken wir noch ein kleines Bier im »Ratskeller« für 50 Pfennig. An dem Bier hielten wir uns dann stundenlang fest. Wir sangen Studentenlieder und waren fröhlich. Natürlich suchten wir auch die Einsamkeit beziehungsweise Zweisamkeit. Es gab außerhalb Göttingens ein Lokal, das in einem strammen zweistündigen Fußmarsch zu erreichen war. Dort wollten wir zu Abend essen, aber anders als heute. Ich schmierte zu Hause einen Berg Brote, dazu tranken wir eine Cola, dann marschierten wir wieder heimwärts. Unsere Freunde lebten auch nicht anders als wir. Nach zwei Monaten duzten wir uns. Das war alles nicht so selbstverständlich wie heute. Ich war bis über beide Ohren verliebt. Aber etwas lag mir im Magen. Meine Mutter hatte immer gesagt: »Komm mir nie mit einem Katholiken an.« Sie hatte wahrscheinlich die unglückliche Ehe ihrer Halbschwester vor Augen. Damals war eine sogenannte »Mischehe« noch ein Riesenproblem. Nun wusste ich, dass Helmut mit seiner Familie lange in Südoldenburg (alles streng katholisch!) gelebt hatte und erst kürzlich nach Oldenburg gezogen war. Schließlich fasste ich mir irgendwann auf einer einsamen Parkbank ein Herz und fragte ihn. Nun stellte sich Folgendes heraus. Die Familie kam eigentlich aus Anklam. Dann aber wurde seinem Vater, der Studienrat war, in Lohne eine gute Stelle angeboten, und so zog die Familie noch vor dem Krieg ganz normal um. Was ist der Familie durch diesen Glücksumstand erspart geblieben: Flucht und Vertreibung. Jedenfalls war die Familie evangelisch. Mir fiel ein Stein vom Herzen. In diesem Traumsommer 1958 ging ich auf Wolke sieben.

Es nahten die dreimonatigen Semesterferien. Die Eltern meines Freundes erwarteten, dass ihr Sohn in den Ferien wieder nach Hause kam. Sie hatten vier Kinder in der Ausbildung, und so sparten sie den Wechsel, der im Übrigen klein genug ausfiel. Was tun? Wir hatten kein Telefon, von einem Auto ganz zu schweigen. Geld hatten wir auch kaum. Als Erstes schrieben wir uns jeden Tag einen Brief. Ich lungerte immer schon lange vorher am Briefkasten herum. Außerdem wollten wir uns einmal in Hannover treffen, das liegt ungefähr in der Mitte zwischen Oldenburg und Göttingen. Gesagt, getan. Wir trafen uns auf dem Bahnhof in Hannover. In der Nähe des Bahnhofs entdeckten wir eine Kneipe mit einem Musikautomaten. So haben wir dann unser weniges Geld in diesen Musikautomaten gesteckt und den ganzen Tag zu den neuesten Schlagern getanzt. Abends sind wir wieder in die verschiedenen Züge gestiegen und haben uns heimwärts getrollt. Aber auch die Semesterferien gingen mal zu Ende. Nun entwickelte sich ein »Bratkartoffelverhältnis«, wobei der Schwerpunkt eindeutig auf Bratkartoffeln lag, denn von Verhältnis konnte keine Rede sein. Samstagabend briet meine Mutter einen Riesenberg Bratkartoffeln, darauf kamen drei Spiegeleier. Ich gab Helmut dann noch für die halbe Woche belegte Brote mit. Inzwischen hatte mein Vater meinem Freund ein sehr preiswertes Zimmer besorgt bei einer Putzfrau vom Gericht. Es war ein kleines Reihenhaus, dort bewohnte Helmut eine winzige Dachkammer ohne Heizung. Das Mobiliar bestand aus einem wackeligen Tisch samt Stuhl, einem Schrank und einem ewig knarrenden Bett. Das haben wir allerdings erst später gemerkt, so weit waren wir noch nicht. Das Badezimmer, welches sich eine Etage tiefer befand, musste Helmut sich mit der Familie teilen. Es war allerdings eine erfreulich nahrhafte Unterkunft, denn eine Tochter machte eine Lehre als Fleischverkäuferin, und so fiel für Helmut manches Kotelett ab. Er war bei der Familie sehr beliebt und hieß »unser Herr Heine«. Das Zimmer ist später nie mehr vermietet worden. Es hieß immer: »Das ist das Zimmer von unserm Herrn Heine.«

Kurz vor den Ferien lud Helmut mich zu einem Ball nach Oldenburg ein. Natürlich sollte ich in seinem Elternhaus schlafen. Meine Eltern waren entsetzt. Besonders meine Mutter wachte über meine Tugend wie der Engel mit dem Flammenschwert. »Das kommt überhaupt nicht in Frage. Was hast du dir nur dabei gedacht? Mit 17 Jahren zu einem jungen Mann in eine andere Stadt zu fahren. Unmöglich! Schlag dir das aus dem Kopf.« So schnell gab ich natürlich nicht auf. Nach viel Heulerei und Theater kam es schließlich zu einem Kompromiss. Meine Eltern würden den Besuch gestatten, wenn die Mutter dieses jungen Mannes eine formvollendete Einladung an sie richten würde. Nun konnte Helmut seine Mutter genauso um den Finger wickeln wie ich meinen Vater. Sie tat ihrem Ältesten den Gefallen. Meine Eltern machten mir schnell klar, dass sie die Bahnfahrt nicht bezahlen würden. Ich solle sehen, wie ich an Geld käme. Von meinen zehn Mark Taschengeld konnte ich es natürlich nicht finanzieren. Doch dieses kleine Problem konnte mich nicht schrecken. Es war kurz vor den Ferien, und so graste ich die Gärtnereien ab. Schließlich wurde ich als Hilfskraft eingestellt für die stolze Summe von einer Mark die Stunde. Viel mehr wird meine Arbeitskraft wohl auch nicht wert gewesen sein. Es erregte zumindest den Unmut des Gärtnermeisters, als ich die Blumen rausriss und das Unkraut stehen ließ.

Ich habe mich in der Gärtnerei eigentlich ganz wohl gefühlt. Unschön waren nur die Zoten, die die Gärtnerburschen gern in meiner Gegenwart rissen, um mich zum Erröten zu bringen. Viel Freude hatten sie allerdings nicht an mir, da ich die meisten Witze ohnehin nicht verstand. Jedenfalls hatte ich nachher so viel verdient, dass ich die Bahnfahrt locker bezahlen und mir sogar noch ein schickes Ballkleid kaufen konnte. Nun kapitulierten meine Eltern endgültig.

So fuhr ich frohgemut nach Oldenburg. An den Ball erinnere ich mich nicht mehr. Ich weiß nur noch, dass ich von meinen späteren Schwiegereltern schärfer bewacht wurde als die Kronjuwelen von England. Man wollte sich nichts nachsagen lassen. Dabei wäre das überhaupt nicht nötig gewesen. Als 17-jährige Gymnasiastin vor fast 60 Jahren wäre ich überhaupt nicht auf die Idee gekommen, vom Pfad der Tugend abzuweichen. Und auch als ich schon studierte, hatte ich ein Erlebnis, das mehr auf mich wirkte als alle Ermahnungen und Warnungen meiner Mutter. Ich hatte eine Kommilitonin, die heiraten »musste«, wie es damals hieß. Das war um 1960 ein gesellschaftliches Drama. Aus irgendeinem Grunde besuchte ich die junge Familie. Man bewohnte ein Zimmer, in dem sich alles abspielte. Als Raumteiler war eine Wolldecke durch das Zimmer gespannt. Hinter dem Vorhang schrie das Baby. Im vorderen Bereich saß der junge Vater und arbeitete für sein Studium. Auf dem kleinen Elektrokocher simmerte eine Suppe vor sich hin. Raumfüllend waren zudem noch zwei Wäschetrockner mit Babywäsche. Ich dachte nur: Um Gottes willen, das darf dir nicht passieren!

Die letzten beiden Schuljahre

Schulisch lief alles wunderbar. Nachdem in der 11. Klasse die Zensuren für die naturwissenschaftlichen Fächer feststanden, hatte ich nur noch die Hürde mit Mathematik zu überwinden. Aber was scherte mich die eine Fünf. Da geschah etwas, womit wir schon alle nicht mehr gerechnet hatten. Wir bekamen in der 12. Klasse den besten Mathelehrer der Schule. Warum wohl?! Natürlich wusste die Schulleitung Bescheid über die Fähigkeiten und Schwächen der einzelnen Kollegen, und so wollte man uns wohl nicht ins Abitur ziehen lassen. Plötzlich blühte ich in diesem verhassten Fach auf. Ich schrieb Dreien und Vieren, und kam endlich von meiner ewigen Fünf herunter. Als ich dann später selber in den Schuldienst eingetreten bin, habe ich mir immer wieder klargemacht, wie entscheidend das Lehrerverhalten für Schüler ist. Ich habe mir jedenfalls immer große Mühe gegeben, meinen Kindern gerecht zu werden. Natürlich gab es auch das Gegenteil. Wir alle liebten unseren Französischlehrer. Wir nannten ihn nur »Papa Meyer.« Er stand kurz vor der Pensionierung, aber in seinem Herzen war er jung geblieben. Er war in der ganzen Schule beliebt. Über mich hat er im Hinblick auf Mathematik jahrelang die Hand gehalten. Er hatte schon 1958 einen Austausch mit einer Schule in Rouen organisiert. Das war damals noch sehr selten. Bis kurz vor Antritt der Fahrt war noch nicht sicher, ob wir fahren würden. Es tobte der Algerienaufstand in Frankreich, und auch Paris war betroffen. Unser lieber Papa Meyer hat es dann aber doch gewagt. In der 12. und 13. Klasse bot er nachmittags eine Französisch-AG an, die natürlich freiwillig war. Wir lasen moderne französische Literatur und diskutierten darüber. Nie hat eine Schülerin gefehlt. Ihm habe ich meine Liebe zur französischen Sprache zu verdanken.

Zwischendurch muss ich aber noch ein privates Kabinettstückchen einschieben. Es nahte mein 18. Geburtstag, der auf einen Sonnabend fiel. Natürlich wollten Helmut und ich an dem Freitagabend ausgehen. Dagegen war ja auch nichts zu sagen. Normalerweise musste ich um Mitternacht wieder zu Hause sein. Na, dachte ich, zum 18. Geburtstag darf es ja wohl ein bisschen später werden. Wir landeten in einer Bar, wo wir bis morgens um vier tanzten. Dann begaben wir uns gegen fünf Uhr ohne Schuldgefühle auf den Heimweg. Als wir in meine Straße einbogen, war unser ganzes Haus hell erleuchtet, und mein Vater rannte wie ein gefangener Tiger auf der Straße hin und her. Ein furchtbares Donnerwetter brach über mich herein. Helmut wurde gar nicht angesprochen, obwohl er ja nicht ganz unbeteiligt war. Was ich mir denn dabei gedacht hätte, so spät nach Hause zu kommen (leider habe ich mir häufiger in meinem Leben nichts dabei gedacht). Meine Eltern hätten sich die größten Sorgen gemacht. Ich fiel aus allen Wolken. Warum sollte man sich um mich wohl Sorgen machen? Ich habe es erst später verstanden, als unsere Söhne in dem Alter waren und ich wach lag, bis sie geruhten, aus der Disco heimzukehren. Mit harschen Worten wurde ich ins Bett gescheucht. Das hatte ich allerdings ohnehin vor. Am nächsten Morgen war von Geburtstag keine Rede, die Atmosphäre als eisig zu bezeichnen, wäre noch geschönt gewesen. Ich war innerlich recht heiter gestimmt, dachte ich doch an den traumhaften Abend, den wir hinter uns hatten. Im Laufe des Nachmittags begann sich die Situation zu entspannen. Helmut kreuzte mit einem Riesenblumenstrauß für meine Mutter auf, und ich bekam den hübschen Sessel, den ich mir schon lange für mein Zimmer gewünscht hatte. Und plötzlich stand eine Geburtstagstorte auf dem Tisch. Der Abend verlief dann friedlich.

Kurz vor dem Abitur bekam ich noch einen Tadel. Ich frage mich noch heute, was eigentlich damals in uns gefahren ist. Irgendwann in einer großen Pause beschlossen wir plötzlich alle, die Schule zu verlassen und in die Milchbar zu gehen, nur so, mitten im Unterricht. Wir hatten nicht mal ein schlechtes Gewissen. Natürlich konnte sich auch keiner ausschließen. Was mag wohl der nächste Lehrer gedacht haben, als er plötzlich in eine leere Klasse kam. Am nächsten Tag brach ein furchtbares Donnerwetter über uns herein. Was wir uns denn um Himmels willen dabei gedacht hätten? Das wussten wir allerdings betrüblicherweise selber nicht. Einige Tage später fanden dann alle Eltern im Briefkasten einen sogenannten »Blauen Brief« mit einem Tadel vor. Aus der Schule zurückgekehrt, brach das nächste Unwetter über mich herein. Meine Eltern stellten die gleiche Frage wie die Schule, aber ich wusste immer noch nicht, was ich mir eigentlich dabei gedacht hatte. Jedenfalls wurde in dem Brief jedes Fehlen jeder sittlichen Reife beklagt und mit ernsten Konsequenzen gedroht. Das Fehlen der sittlichen Reife stimmte, aber die nebulösen Konsequenzen sind nie eingetreten. Im Übrigen beruhigten sich meine Eltern, als sie erfuhren, dass ich nicht das einzige räudige Schaf war, sondern die ganze Klasse betroffen war. Trotz Tadel wurden wir alle zum Abitur zugelassen. Als der schwere Tag der mündlichen Prüfung nahte, war ich erstaunlich ruhig. Ich wusste, mir konnte nichts passieren. An die vorhergehende schriftliche Prüfung kann ich mich gar nicht mehr erinnern. Wegen meiner Zensuren in Mathe und Physik musste ich aber irgendwo mündlich geprüft werden. Ich war gespannt. Da tauchte plötzlich unsere Kunsterzieherin auf. Nun war mein Verhältnis zu ihr nicht ganz störungsfrei. Ich hatte in dem Unterricht kein übergroßes Interesse an den Tag gelegt und war auch nicht immer anwesend gewesen, allerdings folgenlos. Im Grunde war ich für sie ein unbeschriebenes Blatt. Allerdings hatte ich eine sehr schöne Kunstmappe mit Bildern verschiedener Techniken angefertigt, die besitze ich noch heute. Nun sollte ich in diesem Fach geprüft werden. Inzwischen war es Mittag geworden, und wir hatten alle Hunger, wahrscheinlich auch die Prüfer. Vor mir stand ein Teller mit leckeren Heringen, den es möglichst naturgetreu wiederzugeben galt. Außerdem sollte ich einen schriftlichen Vergleich anstellen zwischen van Goghs »Doktor Gachet« und Rembrandts »Mann mit dem Goldhelm«. Ich hatte zwei Stunden Zeit. Mit den Heringen beschäftigte ich mich kaum. Dafür stürzte ich mich auf den Vergleich, denn das lag mir ja. Die Heringe fanden später nicht die ungeteilte Zustimmung der Prüfer, während der Vergleich hoch gelobt wurde. Mit der Note befand man sich in der Bredouille. Mein Arbeitsverhalten war doch recht schwankend gewesen, um es vorsichtig auszudrücken. Schließlich einigte man sich auf die bewährte Drei.

Ich schwang mich auf mein Fahrrad und fuhr fröhlich nach Hause. Dann kam die offizielle Zeugnisverleihung. Es war ein richtiger Festakt in der Aula mit Schulchor und Orchester. Natürlich waren auch die Eltern dabei. Meine Eltern waren unglaublich stolz auf mich, waren doch meine Anfänge in dieser Schulform recht holperig gewesen. Außerdem war ich die Erste in der Familie, die Abitur gemacht hatte. Ich habe später oft daran gedacht, welches Begabtenpotential in früheren Generationen ungenutzt blieb, nur weil der Besuch eines Gymnasiums eine Frage des Geldes und des gesellschaftlichen Einflusses war. Noch in meiner Generation war es schwierig. Die Familien waren kinderreich. Viele Frauen waren Kriegerwitwen und bekamen nur eine kleine Rente. Manche Frauen mussten auch arbeiten. Die Kinder waren »Schlüsselkinder«, sie mussten sich mittags das Essen warm machen. Außerdem gab es nach dem Krieg noch keineswegs flächendeckend weiterführende Schulen. Die Wege von den Dörfern waren weit. Schulbusse gab es noch nicht. Nach der 10. Klasse bekamen wir zwei neue Mitschülerinnen. Sie kamen von einem kleinen Dorf und hatten bisher die Realschule besucht. Heute ist die Durchlässigkeit zwischen den Schulformen ja glücklicherweise kein Problem mehr, aber damals war es sehr ungewöhnlich. Die beiden waren nach einem Jahr Klassenbeste und haben später herausragende berufliche Positionen bekleidet. Natürlich haben es intelligente und strebsame Menschen schon immer zu nicht akademischen höheren beruflichen Zielen gebracht, sei es als Unternehmer oder als Kaufleute. Aber was waren das oft für Ochsentouren! Unabhängig vom Geld spielte auch die geistige Anregung in den Elternhäusern eine Rolle. Eltern, die den ganzen Tag schwer arbeiten mussten, hatten kaum Zeit, sich um ihren Nachwuchs zu kümmern. Oft mussten die Kinder früh mitarbeiten. Da war keine Zeit, mal ein Buch zu lesen.

Nach dem Abitur

Jetzt hatte ich das Abitur in der Tasche und nun? Natürlich hatte ich mir schon lange Gedanken über meine Berufswahl gemacht und auch mit meinen Eltern darüber gesprochen. Am liebsten hätte ich Französisch und Geschichte studiert auf Lehramt an Gymnasien. Aber es war ein längeres Studium, und dann kam die dreijährige Referendarzeit, die auch schlecht bezahlt wurde. Helmut und ich wollten heiraten, aber uns war klar, dass wir erst unsere Ausbildungen beenden mussten. Also wählte ich den kürzesten Weg wie die meisten meiner Klassenkameradinnen und ging zur pädagogischen Hochschule. Studium für das Lehramt an Volksschulen hieß das damals. Erst aber kamen die Semesterferien und ich wollte mir sofort einen Job suchen. Heute fliegen die jungen Leute nach dem Abi erst mal nach Ibiza oder nach Mallorca, um sich zu erholen. Auf die Idee kam damals kein Mensch. Wovon sollten wir uns auch erholen? Der Begriff »Burn-out« war noch unbekannt. Ich bekam auch als Studentin weiter meine zehn Mark Taschengeld, was mich nervte. Selbstverständlich wohnte ich weiter bei meinen Eltern. Keine meiner Klassenkameradinnen, die in

Göttingen blieben, wäre auf die Idee gekommen, sich ein Zimmer zu nehmen. Dafür hätten unsere Eltern damals nicht das geringste Verständnis gehabt. Meine Eltern bezahlten meine Garderobe (die mickrig war) sowie die nötigen Lehrbücher. Ich besorgte mir die meisten gebraucht. Nun hatte ich gehört, dass eine Göttinger Versicherung studentische Hilfskräfte suchte. Ich bewarb mich und wurde genommen. Jetzt begann eine furchtbar stumpfsinnige Zeit. Ich saß mit vier anderen Damen in einem Raum, und wir mussten von morgens bis abends die Beiträge von Versicherungsnehmern addieren. Es gab noch keine Rechenmaschinen, von Computern gar nicht zu reden. Das ging alles im Kopf. Natürlich verrechnete ich mich. Abends musste dann alles noch mal nachgerechnet werden, denn die Endsumme musste stimmen. Es war mir immer sehr unangenehm, wenn die Schuld bei mir lag. Nun hatten wir mittags eine längere Mittagspause. Dann war kein Mensch mehr in der Versicherung. Ich beschloss, in der Versicherung zu bleiben und alles noch mal nachzurechnen. Da begegnete ich eines Tages auf dem Flur einem älteren Herrn, der mich freundlich fragte, was ich denn um Himmels willen in der Mittagspause in der Versicherung mache. Ich klagte ihm mein Leid. Als ich dann die Versicherung verließ, bekam ich eine Bombenbeurteilung.

Ich hatte mit dem Generaldirektor gesprochen. Im Übrigen bekam ich für meine anspruchsvolle Tätigkeit im Monat 300 Mark. Das war für mich ein Wahnsinnsgeld. Ich hatte nach drei Monaten 900 Mark auf dem Konto und kam mir richtig reich vor.

Das Sozialpraktikum

Endlich begann das Studium. Man musste fünf Fächer wählen. Als Hauptfach nahm ich Geschichte, als sogenannte Nebenfächer Deutsch, Mathematik, Sachkunde und Englisch. Geschichte habe ich leider nicht lange unterrichten können, weil nach einigen Jahren Grundschule und Hauptschule getrennt wurden. Die anderen Fächer konnte ich immer gut gebrauchen. Nun stand ziemlich am Anfang des Studiums das sogenannte »Sozialpraktikum«. Ich vermute, es sollte der Erweiterung unserer Sozialkompetenz dienen. Die meisten meiner Kommilitoninnen bewarben sich um einen Platz im Kindergarten oder im Kinderheim. Nun hatten wir damals einen Hausarzt, der gleichzeitig Leiter des Landesjugendheimes war. Das war ein Heim für schwer erziehbare Jugendliche. Der Arzt meinte zu meinen Eltern: »Da kann Bärbel doch zu mir kommen.« Gesagt, getan. Meine naiven Eltern und ich ahnten nicht, auf was wir uns da einließen. Das Ganze war bodenlos leichtsinnig. Niemals hätte der Arzt mir das empfehlen dürfen. Ich kam in eine Gruppe von Jungen zwischen 9 und 16 Jahren. Die meisten der Erzieher waren ehemalige Berufssoldaten, die dort untergekommen waren. Und so war auch der Ton. Man kam sich vor wie auf dem Kasernenhof. Heute würde man die meisten Jungen in liebevolle Pflegefamilien vermitteln. Etliche Jungen waren Bettnässer. Da wurden dann die Laken morgens auf die Leine gehängt und abends wieder auf das Bett gezogen. Es sollte niemand hungern. Deshalb stand im Speisesaal den ganzen Tag ein Teller mit trockenem Brot und ein Krug mit Wasser bereit. Dem Heim waren auch Betriebe angegliedert, so auch eine Landwirtschaft. Ein Jahr vor meiner Ankunft mussten die Jungen noch die Pflüge auf dem Acker ziehen. Schließlich hatte sich die Göttinger Bevölkerung über diese Sklavenarbeit beschwert. Die Zöglinge hatten erst kurz zuvor Unterwäsche bekommen. Die Erzieher aßen im Kasino, das Essen war besser als das Essen der Jungen. Unter den Insassen war auch ein neunjähriger Muttermörder. An eine psychologische Betreuung kann ich mich nicht erinnern. Was hat der arme Junge wohl mitgemacht! Ich habe mich dort von Anfang an wohl gefühlt. Vielleicht war das ja mein Milieu. Mit den Jungen hatte ich überhaupt keine Probleme. Sie betrachteten mich als eine Art Kumpel. Ich war knapp 19 und hatte keine Ausbildung, trotzdem hatte ich alleine Nachtdienst. Das bedeutete, dass ich nachts mit den Jungen allein auf der Station war. Ich konnte im Erzieherzimmer schlafen und hatte auch ein Telefon. Das hätte mir natürlich im Ernstfall gar nichts genützt. Wenn zwei 16-Jährige mich vergewaltigt hätten, hätte ich gar nichts machen können. Ich glaube, ich habe nicht mal mein Zimmer abgeschlossen und blendend geschlafen. Auch meine Eltern waren sich offenbar der Gefahr nicht bewusst. Ich bin gar nicht auf die Idee gekommen, mich zu weigern. Es war nicht die einzige Situation in meinem Leben, wo ich mit Naivität und Glück aus brenzligen Situationen herausgekommen bin.

Einmal war ein Sommerfest geplant, und zwar mit dem Mädchenheim zusammen. Dort bin ich zum ersten Mal in Kontakt zu diesen jungen Frauen gekommen. Die meisten waren jünger als ich. Sie waren als Prostituierte tätig und hatten viel Geld verdient. Damals fehlte eben noch die ganze ausländische Konkurrenz. Sie nahmen die Sache mit dem Heim nicht tragisch. Sie hatten ihr Appartement für ein halbes Jahr im Voraus bezahlt und wollten dann gut erholt wieder ihrer alten Tätigkeit nachgehen.

Ich durfte sogar Jungen am Wochenende mit nach Hause nehmen. Die Jungen rissen sich darum. Ich ging mit ihnen spazieren, Eis essen oder ins Kino. Auf die Idee, dass mir einer weglaufen könnte, bin ich überhaupt nicht gekommen, meine Eltern wohl auch nicht. Ich muss einen unendlichen Dusel gehabt haben und drei Schutzengel obendrein. Auf dem Hof bin ich auch mit älteren Jugendlichen zusammengekommen. In einem anderen Haus waren die 17- bis 20-Jährigen kaserniert. Wir trafen uns gelegentlich auf dem Hof. Hier fügte es sich glücklich, dass ich inzwischen rauchte. Ich bot ihnen meine Zigaretten an, und so kamen wir ins Gespräch. Sie wollten alle in die Fremdenlegion. Die jungen Leute hatten alle große Angst vor Freistatt. Freistatt galt als das schlimmste Erziehungsheim in Niedersachsen mit drakonischen Strafen. Heute weiß man, dass in diesen Heimen unmögliche Zustände herrschten. Die Jungen wurden geschlagen und mussten hart bei Bauern arbeiten. Lohn bekamen sie nicht und hatten später auch keine Rentenansprüche für diese verlorenen Jahre. Fliehen konnten die Jungen nicht, denn das Heim lag mitten im Moor. Heute haben sich diese »Heimkinder« zusammengeschlossen und klagen gegen den Staat. Interessant ist noch, dass Freistatt von der Diakonie Bethel betrieben wurde. In den meisten Kinder- und Jugendheimen herrschten Mitte der Fünfziger-/Sechzigerjahre des letzten Jahrhunderts ähnliche Zustände. Viele Heime wurden von der evangelischen oder der katholischen Kirche betrieben.

Unserem Heim war auch eine Sonderschule angegliedert. Dort sollte ich auch hospitieren und unterrichten. Der Lehrer hatte eine Wohnung auf dem Heimgelände. Dieser Mensch war mir von Anfang an widerlich. Ich ekelte mich richtig vor ihm und wusste nicht warum. Manchmal musste ich auch zur Besprechung in seine Wohnung kommen, es war scheußlich. Dabei hätte ich von ihm mit Sicherheit nichts zu befürchten gehabt. Einige Monate später, als ich das Heim schon lange verlassen hatte, las ich in der Zeitung von diesem Lehrer. Er war schwul und hatte sich jahrelang mit den Jungen amüsiert. Alle wussten Bescheid. Keiner hat ihn verpfiffen, denn er bezahlte gut. Er wurde zu einer hohen Gefängnisstrafe verurteilt. Von Homosexualität hatte ich überhaupt keine Ahnung.

Wenn es da Ziel des Praktikums war, Sozialkompetenz zu erweitern, so habe ich sie unendlich erweitert. Ich habe Dinge erlebt und erfahren, die ich in meiner bürgerlichen Welt nicht für möglich gehalten hätte. Aus allem bin ich unbeschadet hervorgegangen.

Kriminelle Zustände in meinem Elternhaus

Gegen Ende meiner Schulzeit oder zu Beginn meines Studiums ereigneten sich hochinteressante Dinge in meinem Elternhaus. Als ich eines Mittags nach Hause kam, stand ein Menschenauflauf vor unserem Haus. Aus den Fenstern im ersten Stock kam Qualm. Mehrere Feuerwehrwagen befanden sich dort. Es wurde aber ganz eindeutig nicht gelöscht. Natürlich kursierten die wildesten Gerüchte: »Es soll ja innen schon lichterloh brennen. Hoffentlich sind keine Menschenleben zu beklagen«, und was dergleichen Schauergeschichten mehr sind. Was war passiert? Eine Mieterin über uns hatte ihr Gulasch auf den Gasherd gestellt, es dann vergessen und war einkaufen gegangen. Meine Mutter hatte den Qualm bemerkt und sofort die Feuerwehr angerufen. Die kam mit Blaulicht und großem Tatütata. Die Herren legten Atemschutzmasken an und stürmten nach oben. Dann schlugen sie mit Äxten die Tür ein. Der Gasherd wurde abgestellt, und das war's dann. Gulasch und Topf waren nicht mehr zu gebrauchen. Für die Mieterin wurde es teuer. Sie musste die

Tür ersetzen. Leider hatte ich das Spektakel nicht von Anfang an miterlebt. Aber die Qualmentwicklung kannte ich ja von dem Kaugummidrama.

Kurz darauf zog die Mieterin nach Berlin. Im Tauschverfahren zog die Berliner Familie in unsere Wohnung. Die Familie machte einen seriösen Eindruck. Die ältere Tochter war Goldschmiedin, die jüngere kam auf meine Schule. Wenn ich mal in die Wohnung kam, irritierte es mich allerdings sehr, dass Herr W. grundsätzlich in Unterwäsche empfing. Sonst empfanden wir die Familie als ganz normal. Was Herr W. beruflich machte, war allerdings nebulös. Aber es ging uns ja auch nichts an, die Miete wurde immer pünktlich bezahlt. Eines schönen Tages platzte dann die Bombe. Herr W. wurde verhaftet und kam in Untersuchungshaft. Er war Geschäftsführer des Berliner Luxusbordells »Clausewitz«. Dort verkehrten Spitzenmanager aus der Wirtschaft. Es wurden nur Damen von Niveau beschäftigt. Aber Rosemarie Nitribitt hatte auch Kunden aus den ersten Kreisen und war dumm wie Stroh.

Mit Hilfe von versteckten Mikrofonen wurde in den Räumen angeblich für die DDR spioniert. Allerdings wurde Herr W. auch noch in einem Erpressungsfall beschuldigt. Mit einer falschen Dienstmarke der Polizei hatte er Zeugen zur Zurücknahme ihrer eidesstattlichen Versicherungen in einem Betrugsfall bewegt. Er war wirklich ein ganz schlimmer Finger. Der Besitzer des Luxusetablissements war allerdings eine noch größere Nummer. Er hatte überall in Deutschland Bordelle und wurde »der Bordellkönig von Berlin« genannt. Später ist er dann von Zuhältern ermordet worden.

Meine Eltern fielen vom Glauben ab. Es tröstete auch wenig, dass diese Bordellgeschichte ein deutlich höheres Niveau aufwies als der Puff im dritten Stock bei dem russischen Grafen 1947. Frau W. tat uns leid. Sie hat mit Sicherheit nichts gewusst von dem kriminellen Gebaren ihres Mannes. Ich habe mich allerdings schon damals gefragt, wie man so naiv sein kann. Was dann später aus der Familie geworden ist, habe ich nicht verfolgen können. Die Frau hat sich jedenfalls sofort scheiden lassen.

Kaum hatten wir uns von dem Schock erholt, kam der nächste Schlag. In der zweiten Etage wohnte eine nette junge Familie mit zwei kleinen Kindern. Der Mann nannte sich Vertreter, auch so ein dehnbarer Begriff. Was uns wunderte, das Paar ging jeden Abend groß aus und kam spät nach Hause. Eines schönen Tages kam die Frau weinend zu meinen Eltern. Ihr Mann war verschwunden.

Er hatte Besorgungen gemacht und war nicht zurückgekommen. Das Auto wurde am Hamburger Hafen gefunden. Es ist zumindest in den nächsten Jahren nicht geklärt worden, ob ein Unfall oder ob

ein Verbrechen vorlag oder ob Herr O. einfach die
große Flatter gemacht hatte.

Mein Leben geht sorglos weiter – Verlobung

Trotz der interessanten Ereignisse in meinem Elternhaus nahm mein Studium seinen Lauf. Ich habe noch sehr viele Erinnerungen an meine Kindheit und an die Schulzeit, aber merkwürdigerweise kaum an meine Ausbildung. Offenbar habe ich brav alle Klausuren und Hausarbeiten geschrieben und die Prüfungen absolviert. Wenn alles normal lief und man sich etwas anstrengte, konnte man schon nach sechs Semestern die erste Lehrerprüfung machen. Das habe ich getan. An übergroße Anstrengungen kann ich mich allerdings nicht erinnern. Eines Tages sprach mich vor der PH ein älterer Herr an. Es war ein ehemaliger Major, der jetzt für den Brockhaus-Verlag arbeitete. Die ehemaligen Offiziere mussten ja irgendwie Geld verdienen. Da er nicht auf den Campus durfte, fragte er mich, ob ich für ihn arbeiten wolle. Er muss wohl den richtigen Riecher gehabt haben, mich aus der großen Masse der Studenten herauszufischen. Damals gab es eine Sonderausgabe für Studenten, die 180 Mark kostete. Ich sollte für jede Werbung 20 Mark bekommen. Ich war ganz begeistert. Zwar hatte ich immer Geld, auch durch Nachhilfe, aber es war natürlich nicht viel. Auf die zehn Mark Taschengeld, die meine Eltern mir großzügigerweise spendierten, war ich schon lange nicht mehr angewiesen. Nun hatten meine Eltern inzwischen tatsächlich Telefon. Ich machte einen ziemlich reißerischen Anschlag am »Schwarzen Brett« mit meiner Telefonnummer. Das Telefon klingelte dauernd. Ich weiß nicht mehr, wie viel Geld ich verdient habe, aber es war viel. Ich bin damit bis zum Examen hingekommen.

Im Übrigen lief mein Privatleben so weiter. Ich traf mich oft mit Helmut. Unsere Vergnügungen waren äußerst bescheidener Natur. Wir gingen ins Freibad, machten Radtouren, gingen im Hainberg spazieren und trafen uns Samstagabend mit Bundesbrüdern im »Ratskeller«. Die Radtouren waren nicht ohne. Natürlich wollten wir auch mal über mehrere Tage wegfahren. Das jedoch stieß in meinem stockkonservativen Elternhaus auf großen Unmut, ich war noch nicht 21. Das hätte bei meinen Eltern aber auch nichts genützt. Es hieß immer: »Solange du deine Füße noch unter unseren Tisch stellst ...« Von diesem Tisch wollte ich allerdings möglichst schnell wegkommen. Meine Mutter verlangte Jugendherbergsausweise, die wir uns auch brav beschafften. Wir mussten dann jedes Mal die Stempel der Jugendherbergen vorweisen.

Meine prüden Eltern hatten nicht bedacht, dass es auch grüne Wiesen gab. Einmal wollten wir allen Ernstes in einem ländlichen Gasthof übernachten. Am Tresen saßen viele Bier trinkende Männer. Als Helmut unser Anliegen vortrug, fragte der Wirt: »Seid ihr denn verheiratet?« Helmut, dieser Dussel, antwortete: »Nein.« Unter dem Gefeixe der Männer am Tresen mussten wir den gastfreien Ort verlassen. Es gab ja noch den Kuppeleiparagraphen. Noch als jung verheiratetes Paar sind wir im Hotel darauf angesprochen worden!

1961 beschlossen wir, uns zu verloben. Volljährig war ich immer noch nicht. Merkwürdigerweise waren meine Eltern mit dieser frühen Entscheidung einverstanden. Wir wollten in Helmuts Verbindungshaus feiern. Meine Eltern setzten sich mit dem Hausmeisterpaar in Verbindung, denn die Frau sollte kochen. Meine Schwiegereltern samt Schwägerinnen und Schwager wurden eingeladen. Für die Schwägerinnen wurden zwei nette junge Bundesbrüder eingeladen. Leider ist einer der beiden inzwischen verstorben. Die Oldenburger Verwandtschaft wurde in einem Hotel untergebracht. Meine Eltern verschickten allen Ernstes Karten: »Wir beehren uns, die Verlobung unserer Tochter Bärbel mit Herrn Helmut Heine anzuzeigen.« Das war damals so üblich. Am 07.10.1961 nahte dann der große Tag. Es war dann ein wunderbarer

Abend auf Helmuts Verbindungshaus. An Einzelheiten erinnere ich mich leider nicht mehr. Den goldenen Ring trug ich fortan mit Stolz. Er ist seit 50 Jahren mein Ehering.

Im Februar 1963 machte ich meine erste Lehrerprüfung und wurde zum 1. April in den Schuldienst eingestellt. Am 20.03.1964 heirateten Helmut und ich, nachdem er eine Woche vorher seine Referendarprüfung bestanden hatte. Auf die Idee, dass er durchfallen könnte, sind wir überhaupt nicht gekommen. Wir starteten sofort zu unserer zweiwöchigen Hochzeitsreise nach Alassio an die Italienische Riviera, denn ich hatte glücklicherweise Osterferien.

Und wie ging es dann weiter?

Ich hatte mir vorgenommen, über meine Jugenderinnerungen bis zu meiner ersten Lehrerprüfung zu schreiben. Nun fing ja wirklich der Ernst des Lebens an, und meine Jugend war vorbei. Wenn ich auf mein Leben zurückblicke, so habe ich viel Glück gehabt, sowohl privat als auch beruflich. Helmut und ich sind inzwischen 50 Jahre verheiratet. Es wurde eine glückliche Ehe. Helmut war meine große Liebe und ist es noch. Wir haben zwei wohlgeratene Söhne, eine reizende Schwiegertochter und zwei tolle Enkelinnen, an denen wir viel Freude haben. Ihnen werde ich dieses Buch widmen. Natürlich gab es auch Höhen und Tiefen, Letztere besonders durch gesundheitliche Probleme. Aber wir haben immer versucht, uns gegenseitig zu helfen und uns zu unterstützen. Ich habe immer wieder festgestellt: Wenn es mir schlecht ging, konnte mir nur die Familie helfen.

Im Sommer 2014 konnten wir groß unsere goldene Hochzeit feiern mit Verwandten, Freunden, Bundesbrüdern von Helmut und Nachbarn. Unser netter Gemeindepfarrer hielt einen wunderbaren

Dankgottesdienst, in den unsere Kinder und Enkel mit Psalmen, Lesungen und Fürbittengebeten involviert waren. Anschließend feierten wir in einem Restaurant mit 60 Gästen. Besonders gefreut haben wir uns über den Besuch unserer lieben kolumbianischen Freunde, die extra aus London mit dem Flieger gekommen waren, sowie über den Besuch der Eltern meiner Schwiegertochter, die den langen Weg aus dem Burgenland nicht gescheut haben. Sehr gefreut haben wir uns auch über die netten Beiträge unserer Kinder und Enkel zu dieser Gelegenheit.

Der Ernst des Lebens

Ich habe immer wieder festgestellt, dass ich den richtigen Beruf gewählt habe. Ich habe mich jeden Tag auf meine Kinder gefreut. Meine glücklichsten Jahre waren die letzten 20 Jahre meines dienstlichen Lebens, als ich als Rektorin eine entzückende kleine Grundschule leiten durfte.

Was wünscht man sich noch in meinem Alter? Ich hoffe, noch einige Jahre mit Helmut zusammen zu sein, und ich wünsche mir, dass wir und unsere Kinder und Enkel von ernsten Krankheiten verschont bleiben.